Fate/Prototype 蒼銀的碎片 4

櫻井 光

原作 TYPE-MOON

插畫 中原

Kadokawa Fantastic Novels

Servant Archer
弓兵

使役者位階第三階，弓兵。

古波斯的救世英雄。

留下濃厚神代神祕的戰士。傳說中，他為別名西亞神代最後君王馬努切赫爾效力，終結了波斯與圖蘭的長年戰爭。

同時也是給予兩國人民和平與安寧的勇者，如今也深受眾人津津樂道的大英雄。

他竭力的一箭甚至能劃開大地，然而——

Personal Data

自稱詞：我（原文為俺）

使役者位階：第三階

真名：阿拉什（Arash）

技能：反魔力、單獨行動、千里眼、強韌等

寶具：流星一條（Stella）

Status

Elza Saijo

艾爾莎・西条

善於風系元素轉換魔術的魔術師。

二十來歲的女性，長相顯得更年輕。

日德混血，具雙重國籍。

表面職業為攝影師，不太有一般魔術師不染俗塵的印象。

因故失去親生孩子後，在某戰亂國目睹血流成河的景象而大受打擊，希望向聖杯要求一個「所有母子都能得救的世界」。

日德兩國的家庭菜式都難不倒她。

Personal Data

自稱詞：我（原文為あたし）
主人階級：第五級
魔術系統：元素轉換魔術
魔術迴路／質：C
魔術迴路／量：E
魔術迴路／組成：正常

Servant Lancer

槍兵

使役者位階第四階，槍兵。

北歐神話中的悲劇女武神。被尋找英雄的本能，以戀愛的人類女性身分死去的記憶與精神，以及主人的強制命令三者交夾，使她煎熬不已。

雖伴隨兩樣寶具現界，卻因為某些因素而無法使用第二寶具。相對地，能釋放形同第三寶具的力量。

角色設定：三輪士郎

Personal Data

自稱詞：我（原文為私）
使役者位階：第四階
真名：布倫希爾德（Brynhild）
技能：魔力放射（火）、騎術、原初符文、神性
寶具：我孤單的冥府之旅
（Bryhild Commedia）
直至死亡將我倆分離
（Brynhild Romancia）

Status

Nigel Saward

奈吉爾・薩瓦德

出身英國的魔術師，隸屬鐘塔。

擁有堪稱天才的超一流鍊金技術。以原屬魔術系統的鍊金術為基礎，利用自身起源「執著」的特性成功開發獨門魔術（魔術基盤），且創造出能夠支配人類感情的最高效靈藥。在「掌管、操控人類」方面，於其故鄉英國無人能出其右。

為使槍兵的寶具能力發揮到極限，他另外特製了一劑靈藥，不料……

Personal Data

自稱詞	我（原文為私）
主人階級	第二級
魔術系統	源自鍊金術的獨門魔術
魔術迴路／質	B
魔術迴路／量	B
魔術迴路／組成	正常（隨起源的顯現而略有變質）

角色設定初稿

Fate/Prototype 蒼銀的碎片

4

目錄

CONTENTS

Dear My Hero

Prologue ———— 13

ACT-1 ———— 55

ACT-2 ———— 95

ACT-3 ———— 133

ACT-4 ———— 171

ACT-5 ———— 211

Special ACT

Women ———— 251

後記 ———— 285

Fate Prototype
蒼銀的碎片
4
櫻井 光
原作 TYPE-MOON
插畫 中原

Dear My Hero Prologue

西元一九九九年，二月某日。

東京都某區，布滿昏影的地下聖堂內。

那是壓倒性的力量——

其驚人的頑強與暴力，想必是十成十地在預料之中吧。

不過又有誰想得到，他會是級數差異如此巨大的怪物呢？

這遠高於兩公尺，軀體厚實的英靈，渾身肌肉如同鋼鐵鎧甲的凶暴化身，絕不是個笨重的巨怪。那麼，這個身影直至地下聖堂的深邃樓頂，嘴裡低吼，眼中散發瘋狂紅光的東西是什麼呢？

以超常膂力帶來破壞的殺戮。

快狠準超絕的戰鬥機械。

在東京當中執行的第二次聖杯戰爭裡，以狂之英靈（狂戰士）這輝煌的第二位階現界的英雄，出於人類幻想，運使非人之力的怪物，且絕非等閒。

只打倒一隻怪物就算拯救蒼生的那種佳話或故事中的英雄，他根本不放在眼裡。

究竟——

這個瘦弱的少女，是否了解其真名的意義？

她一身純真無邪的氣息，實在不適合呆立在瀰漫詭譎陰影的地下聖堂。

不。純真無邪並不適合形容像她那樣，在深深嵌入世界的眾多大型魔術基盤中偏偏挑上「黑魔術」，且專一地涉獵至今的人。即使她一次也不曾使用活牲血祭也一樣。

然而，儘管如此。

她或許仍舊保有某種純真。

這個以眼鏡掩蓋清澈美麗的雙眸，在此遠東都市不停奮戰的少女。

挑戰第二次聖杯戰爭的魔術師(主人)之一，在第一次聖杯戰爭中勝出卻未能獲得聖杯的天才魔術師之妹。

她的名字是——

沙条綾香。

「……劍兵！」

少女呼喊自己的使役者。

應是最強的他。

能打倒任何強敵，無疑位居第一的劍之英靈(劍兵)。

那是悲痛的呼喊。對方，是否聽得見呢？

若要簡明地說明狀況，就是現實遠超乎少女的預想。

就結果論，她太小看對手了。

以為戰無不勝的他，即是無人能敵。

劍兵的確很強。他綻放蒼銀色彩的魔力鎧甲足以承受大多攻擊，蓄滿風之魔力而隱形的武器也能斬殺大多數敵人吧。揮舞隱形長劍的英靈。引用身披黃金甲冑的弓之英靈（弓兵）所言，他是聖劍士。當那把劍的真名解放，顯現其真面目時，他的對手必能目睹他最大最強的力量。

但是，那只限於他能盡情使用劍兵能力的情況。

在那種時候，形同超高速鋼鐵的巨大狂戰士，也能立刻一劍兩斷。

然而，現在並不是。

地利並不站在少女與劍兵這邊。

因為這是個陷阱重重的地下聖堂。

常人肉眼應無法看見的微弱魔力光，顯示這裡有精心鍛造的結界存在。儘管那在具有最高級反魔力技能的英靈面前根本不堪一擊，但多少造成些微的避諱。而在有如神話重現的超常英靈之戰中，這不足零點一秒的時間已足以分出勝敗。

在初擊對轟時，雙方仍不分軒輊。

看不見的劍，與巨大石斧。

力量的拮抗。

衝擊彈開彼此武器，又瞬時重整架勢並再度出擊的高速戰鬥。

若非事先以魔術強化視覺，少女必定早已被拋出戰況之外。那是普通人肉眼所無法捕捉的超高速世界。那麼最尖端的高速攝影機等器材呢？恐怕也很困難。

在劇烈風壓，以及地下聖堂的石牆自行大幅崩垮當中——

雙方正確精準地抵禦、偏折、閃躲動能高過大型車輛或墜機，如同有形死亡的每一擊；且不時保護自己的主人，偷襲對方的主人——

終極的數秒，終極的較量。

這兩騎英靈的實力，在這一刻仍幾乎同等。

是什麼定下勝敗的呢？

首先如同前述，是地利、結界一類。再進一步說，完全是少女主人的輕忽。縱然明白入侵敵陣一定會遭遇陷阱的道理，但不夠重視，認為劍兵不會敗給陷阱。

因為信任？

有些不同，那是過信。

出於打倒騎之英靈（騎兵）與術之英靈（魔法師）的經驗。

然而基本上，聖杯戰爭基並沒有絕對的有利或優勢！

「呃……啊……」

鮮紅滴落鋪石。

沿劍兵額角流下的，是為其虛假肉體延續生命之物。

血。魔力。

可是，流血的不只是他。

狂戰士那巨軀也同樣連同鮮血噴出大量魔力。在拮抗崩潰的瞬間造成關鍵一擊的並不是任何一方，而是雙方同時。因此劍兵遭到擊飛，狠狠撞上石牆；狂戰士的左臂與肩膀——幾乎左胸上半都被斬去。

左胸。等同英靈靈核的心臟，必定遭受了嚴重損傷。

無疑是致命一擊。

那麼以技術而言，劍兵是勉強獲勝了嗎？

不，並不是。

劍兵與少女敗了這一戰。

睜大眼看吧。心臟應遭劃破的巨獸絲毫沒有頹倒的跡象，狂戰士口中仍急促地吐出宛如充斥魔力的白色氣息，站定不動。他還沒死，受了致命傷也無礙，謹慎地瞪視倒地的劍兵。

這是劍兵敗戰的第二個原因。

少女對敵人的無知。

沒想到人類史上會有威脅度比他更強大的偉大英雄存在，單純地與以不死不敗為傲的怪物硬碰硬。

倘若她事先知道這點，或許會有對策。

但少女沒有察覺。

而且在這個敵人暴露能力的當下也應變不及。

若是她姊姊那樣的天才——不僅是黑魔術或符文魔術、死靈魔術、寶石魔術、元素轉換魔素等公開的魔術基盤，就連強力魔術師或古老家系獨自編織的魔術基盤都能瞬時建構、連接；甚至能使用幾近魔法領域的魔術。若是那樣的姊姊——或許早已妥善處理。

不過姊姊已經不在了。

不存在了。

八年前某一天，在第一次聖杯戰爭中「遇害」了——

「我沒有殺劍兵的意思。因為他是看到『獸』真面目的唯一證人。」

男子說道。踏著硬質的跫音。

那是個身材瘦高的男子。

五官深邃的男子。

狂戰士的主人。

兩騎激戰當中，男子在地下聖堂深處文風不動地觀戰。

眼見勝負揭曉，他才終於出聲，且悠哉地踏著慢到教人惱怒的腳步接近劍兵。

「小姐，如果妳配合，我也可以給妳活命。」

與過去一樣，說著怪腔怪調的日文。

男子一彈指，被斬去一臂的狂戰士便根本不覺得痛似的伸出右手，抓起劍兵。

「你想做什麼……」

「哎呀，請不要亂動。狂戰士會殺了妳喔。」

即使少女不會不知道，男子還是刻意多說。

動彈不得的少女，就只能以視線洩憤。

看著劍兵的肉體被巨大的右手擺到聖堂的祭壇上。

雖然建造這座地下聖堂教團，信奉的應是背負人類罪業而升天的救世主，與其唯一真神的父親，但劍兵橫躺於祭壇的模樣——卻有如中南美神話的活祭品。

事實上，他也的確是祭品。

至少在掌控狂戰士的這個男子眼中是如此。

「請到這裡來，沙条・綾香。」

男子恭敬地行禮。

少女無法反抗。

無論接近使喚英靈的魔術師的危險有多麼巨大。

她也保持絕不拋下劍兵，絕不逃離的表情。

是由於見到因自己的不成熟而倒下的最強英靈，只因一次戰敗就被人小覷而感到惋惜，或是類似的情感和想法嗎？

抑或是——

發自截然不同，人與人之間往來才會有的感覺？

「對，過來，再走一步。再一點點，好，不要動喔。」

「……」

「請不要那麼緊張。來，不怕不怕。沒什麼好怕……放心，不要緊張。我不是說過不會殺妳了嗎？」

男子踏過有淺淺積水的鋪石走來。

其散發的氣性，早已從人類變成在獵物面前舔舌的肉食野獸。

或者是在犧牲者的面前那麼做的殺人魔。沒錯，就在少女感到背脊一陣哆嗦時，男子有了大動作。

「只要妳不動——」

長長的右手伸向少女：

「我就不殺妳！」

說時遲那時快，想後退也來不及了。沒那種時間。

男子將學校規定的蝴蝶結，連同少女制服襟口都扯了下來！

「！」

少女錯愕地洩口氣，構不成言語。

她應該明白男子的行為有何意義吧。撕開衣服使她露出裸膚，目的並非性侵，或因為她是女性——只因她是魔術師。不，肯定因為她是帶著英靈參與聖杯戰爭的主人。

少女胸口，有個顯現於白皙肌膚的黑色單翼圖紋。

令咒。

顯示主人與英靈相繫的唯一物證。

男子向令咒攤開右掌。

似乎有某種特殊術式就要發動。是魔術。男子高誦非日非英的語言，少女的肉體感到重力加強般的負荷，痛苦的喘息洩出脣間。

積在鋪石上的淺水漾起巨大漣漪。

接著是劇烈的魔力光。

「嘻哈哈哈哈！」

訕笑。以刺耳的聲音，男子尖笑、嗤笑。

少女為忍耐術式的重壓而閉上雙眼，所以多半是沒看見吧。

自己胸口的令咒逐漸消失的過程。單翼令咒浮上空中，就這麼被男子裸露的胸膛吸進去的模樣。

當少女睜開眼，已經是大功告成之後了。

強烈的虛脫與疲勞使她當場癱坐下來，透過眼鏡鏡片看著——

那單翼令咒的位置。

自己的胸口？

不，那裡已經什麼也沒有，令咒從它該存在的位置消失了。

「呀哈哈哈哈哈哈哈哈哈哈哈哈哈哈哈哈！」

又來了。

笑聲、嗤笑聲。男子對那愚昧無力少女的嘲笑聲。

單翼令咒，綾香與同樣以第一階現界於第二次聖杯戰爭的劍之英靈締結契約的證明，就在轉過身來的男子胸口！

「嘻哈哈哈！劍兵的控制權！我就笑納嘍！」

這話像把利劍，刺進少女的心窩。

或許是明白少女的心情吧。

男子態度丕變，突然莊重地放輕音量。

與第一次見面時一模一樣的紳士語氣，神父口吻說：

「……感謝小姐的配合。」

再度鞠躬。

好低好低，腰彎得彷彿額頭都要貼上地面那麼深，接著再說一句：

「可是，劍兵有很多地方故障了，要重新做一個才行。」

「咦……？」

仍癱坐在冰冷濕地的少女茫然抬頭。

啊啊，他在笑。

男子垂視被奪去一切的少女，臉上滿是愉悅。

那是打從心底藐視少女，要她品嘗絕望、沮喪、後悔等情感，認為她只配那麼想的殘酷表情。在某些人眼中，更是足以斷定為邪惡的駭人笑容。

帶著滿面笑容，男子繼續這麼說：

「狂戰士，毀了他。」

冷酷地。

殘酷地。

帶來打碎最後希望的言語。

而少女——

妳，沒有放棄。

我感覺得到。

或許能說成「我對妳有信心」吧。

若是幾天前，妳會怎麼想呢？

會死心地低下頭嗎？

大概吧。

剛邂逅我——應該說，與我重逢的妳，變成一個非常膽小的女孩，畏懼著許多事。

可是——

這一刻，妳不一樣。

「你——你騙我！」

我聽見了，綾香。

妳的聲音，傳進了躺在地下聖堂祭壇的我耳裡。即使睜不了眼，我也懂喔，綾香。

妳沒有絕望。就算感到絕望，也還沒有放棄。

有黑魔術施放了。從削風聲聽來，是用烏鴉羽毛加工成的魔彈吧。

那是妳擅用的招式。不過，我贊成美沙夜，也覺得妳比較適合元素轉換型的魔術。總而言之——

妳仍在抵抗。

然而，只有抵抗還不夠。

雖然我不諳魔術，但是——

「反魔術……！」

「沒錯，因為我是個很小心的人。如果不經常移動魔法陣，就會怕得哪裡都不敢去。」

僅僅從動靜，我就感覺得出來。

敵人強行消解了妳的魔術。如他所說，那是非常強力的魔術陣所構成的結界吧。讓它隨身移動，就像穿著整座要塞在劍與甲冑的戰場上行走，在魔術戰鬥中，那更是難以攻克。

使役者級的反魔術、反魔力結界。

視作與最高階的我同等也無妨。

「啊，對了。」聲音變得模糊，是移動了嗎？「好吧，我就讓妳早點解脫吧。妳對我已經沒有用處了嘛……請去死吧。」

「我就知道你會這樣說！」

強硬的回答。

啊啊，我感覺得到，妳是目不轉睛地面對著他。

「你不是老把『我希望能和平解決問題』掛在嘴邊嗎？你是教會的人吧？」

「哈！」

一個聽似呼吸聲與發聲交雜的聲音響起。

又是嗤笑聲。

「哈哈哈。呀——哈哈哈哈哈哈哈！啊，那全是騙人的啦~！因為我最討厭東洋人了啦！特別是日本人，更讓我反胃！」

好殘酷的聲音。

想吐的分明是我。不能再讓你為所欲為了。

那個自稱聖堂騎士團派出的監察員，有望成為第一級主人的男子——桑奎德・法恩。面對他，綾香目前仍完全不是對手吧。

所以——

快，起來啊我。你是什麼人？

為什麼在這裡？

你是懷著怎樣的願望、心思對貝迪維爾說那句話的？

著實捱了大英雄的痛擊又怎樣？

成了主從契約遭轉移的使役者又如何？

你不是曾與各種對手交戰，並將他們一一擊潰嗎？無論龍、魔獸、騎士或卑王。

即使五體每個角落都遭到幾乎崩潰的痛擊，靈核也依然完好。

那名男子（桑奎德）還沒有開始供給魔力，無法期待傷勢會自行復原。

的確，這是個不容質疑的危機。

（可是妳……沙条綾香一定不會放棄。）

我在內心低語。

我相信妳。

妳不能像愛歌那樣，將聖杯戰爭操於股掌之間。

不過——

儘管只能一味防守，僅是逃命就無暇他顧。

妳也會堅守立場吧。在這過程中，絕不讓出最後的底線。

那我該做的，就是與妳同進退而已，主人。

即使沒有令咒這物理性的連結，妳也是我願意奉妳之名揮劍的淑女（Lady）。

「……綾……香。」

我伸出本該動不了的手。

握起實體化的聖劍握柄。

我還能戰吧？還有揮劍的力氣吧？

肯定還有反擊的機會。

對，絕對還有。你可以的，亞瑟·潘德拉岡！

又不是第一次在聖杯戰爭陷入絕境。

即使不太可能會像那時候獲得意外協助，也要像那時候抵抗到底。

抵抗壓倒性的威能，阻礙的力量。

必須傾注精魂才能消滅的強敵——

——且讓時光暫時倒流。

回到八年前。

西元一九九一年。

史上第一次聖杯戰爭乍始之時。

七人七騎劍拔弩張之際。

狂之英靈率先消滅而退出戰線後——

東京灣上突然出現超大型複合神殿體的當下。

神話重現。

傳說降臨。

現實改寫。

——第一次聖杯戰爭的「最大決戰」開始在即的那一刻。

「Dear My Hero」

西元一九九一年二月某日，深夜。

東京灣上——

上次目睹如此莊嚴雄偉之物，已不知是多少年前的事了。

不列顛東部的衛星都市，古羅馬帝國領地倫蒂尼恩也沒有這麼巨大的神殿。

他帶著戰慄，淺思片刻。

對於在深夜的黑暗海面顯現威容的超大型魔力集積體。

它霎時化為實體，將眼下那建造當中，連接兩段跨海公路的人工島一口氣輾平。姿態宛如取而代之的新島，威風浩蕩地聳立海上的王城、異形大寨。新聞報導似乎是將其定調為「出現在東京灣海上的神祕幻象」，而這樣的資訊封鎖能維持多久，就得視戰況而定了。

由多數巨大神殿構成的龐大結構體。

或該稱為全長有數公里的超大型複合神殿體。

然而，儘管騎兵的要塞是如此令人望之生畏，極難踏入的巨物，侵入行為本身卻輕易得教人錯愕。

劍兵親身感受到。

這是因為自己受了神殿主人之邀。

與他的少女主人——沙条愛歌在晴海碼頭分頭後，奔過約十公里海面來到複合神殿的途中，沒有任何阻礙。面朝三浦半島的大迴廊，就像恭迎他的到來般門戶大開。

至於不請自來的人會受到何種待遇呢——

劍兵在在目睹這偉柱林立的廣大迴廊時就明白了。

「……！」

眩目閃光。

震耳轟聲。

那是足以強行改寫現實的驚人固有結界所發揮的力量？

還是寶具這英靈現界即有的終極武器之神祕所釋放的力量？

抑或是——

古埃及最強大英雄且自詡神王的的英靈——騎兵奧茲曼迪亞斯獨有，古代諸神所賜予的暴威呢？

三者皆然，三者皆非。

看啊，那光輝。

——自天頂降臨此地的烈陽之怒。

伴隨重低音擴展變形的主神殿主砲投射的熾熱——神罰！

那究竟所指何處？

地面嗎？不，不對。

既然劍之英靈已依約前來，神王不會這麼快就把東京燒成灰燼。

「余絕無戲言」這句話，應無半分虛假。

那麼，是哪裡呢？

海上，飄搖浪間的可悲鋼鐵團塊。

劍兵敏銳的視覺在命中之前就已認知、把握了整體狀況。

也就是，在橫須賀外海的美國海軍太平洋艦隊提康德羅加級飛彈巡洋艦——這搭載了號稱現代文明最強海上防空武力的神盾戰鬥系統，以希臘神話最強之盾為名的艦載武器機構；以及數艘僚艦，還有它們對出現在東京灣上空之不明巨大結構體發射的數枚戰斧巡弋飛彈，這一切將被魔力光的洪流一口吞噬。

不需要問「為什麼」。

雖不知應正往中東航行的美國軍艦為何會發射飛彈，但無論有何理由，神王都不允許。要劍兵在大神殿稍候的光輝英靈，只在現存的英靈中邀請了三騎。而若無邀請者，無論用的是劍、魔法或現代兵器，只要稍微顯露敵意——

只有死路一條。

面臨被降臨地面的太陽完全蒸發的結局。

「騎兵！你真的……！」

為時已晚。

死亡之光早已擊發。

戰鬥還沒開始，已有眾多與聖杯戰爭無關的性命遭他奪去。

神王奧茲曼迪亞斯，單純以行動證明了他不會吝惜於犧牲現代人的生命。

「你真的想讓東京歸為塵土嗎！」

劍兵低語著，握緊聖劍。

緊得不能再緊。

這或許是他現界於現代以來最憤怒的一刻。

對於降下神罰的騎兵——

或許不是。

「別擋……我的路。」

他輕聲宣告。

語氣如刃鋒般冰冷，那並非刻意。

有意無意地與言語同樣溫度的視線，瞪視著躲在直徑逾十公尺的廊柱後探出頭來的兩頭巨獸。那是曾經見過的樣貌，屬於四足的獵獸。伴隨某種神聖氣質顯現於世，人頭獅身的怪物。

魔獸？不。

幻獸？不。

是神獸。神王寶具之一，以宰殺入侵者為務的熱沙獅身獸（Sphinx）。

無庸置疑的神代生物。出現於眾多傳說，劫火與暴風的具體意象。

居然成雙出現。若是一般魔術師，或許會為這超乎想像的巨大神祕大為讚歎、激動，甚至忘情喝采吧——儘管下一刻就要丟了小命。牠們比英雄之劍更迅速的動作，與遙遙凌駕現代兵器的攻擊力，可是比普通使役者強大多了。

看來這用以迎接劍兵的神殿第一迴廊，是個神祕的展示場。

雖無活生生的肉體，全身由令人想起魔術石像（Golem）的岩石所構成，但微微散布至空氣的獨特氣息仍告訴劍兵，牠們貨真價實。低吼著出現的兩頭巨獸，無疑是幻想種。

面對那踐踏物理法則，以超絕迅足阻擋去路的兩頭巨獸——

劍兵沒有舉劍。

只是宣告：

「退下。」

回答來了。

是並非人語的野獸咆哮。

仿造人面的臉龇牙咧嘴。

象徵自然暴虐的神獸，就這麼襲向了雙手自然垂下的劍士。

戰鬥開始。

——才一交鋒，便瞬時結束。

完全同步。全身武裝與迴廊巨柱相同材質的兩頭神獸，完美地同時出擊。

一頭衝向面前，從極近距離張開死亡之牙，揮舞死亡之爪。

一頭跳至背後，從極近距離放射必殺的火焰龍捲風。

處理前方的攻擊，就要被後方的火焰燒盡；提防後方的火焰，就要被前方的爪牙撕裂。

然而這等同勝利方程式的雙重攻擊，卻無法破壞劍兵的肉體。

儘管如此，這裡依然有遭倒撕碎的東西。

就是那石製神獸本身。

兩副石軀，維持著正要割取獵物生命的姿勢，粉碎殆盡。

早在在死亡爪牙抵達，威猛火焰觸及之前——

便已遭到超高速旋轉的反擊！

向周圍三百六十度釋放凝聚於聖劍的風之魔力所造成的「風爆」，瞬時制止了兩頭神獸的同時，以經過魔力放射技能大幅強化的全身肌力擊出的超音速連續旋轉——可怕的無數斬擊將神獸們兩斷，分斷，寸斷。

可以想像成一個維持平衡旋轉的陀螺。

只是，觸者即死。

不足兩秒，戰鬥即告結束。

劍兵毫髮無傷，沒有任何不同。

頂多只有不曾在主人面前顯露過的凶狠眼神吧。

啊，還有一點。

是劍。他右手上，如今能看見一把劍。

因為掩覆劍身的魔風——寶具「風王結界（Invisible Air）」已經解除。

黃金劍身。

璀璨耀眼。

明明是為戰而生的武器，卻美得令人神迷。

那是有需要以風之寶具隱藏面貌，舉世聞名之物。

在地球內海鍛造而成的終極刃器，神造兵裝。

現界為英靈之人，無不知曉的真正聖劍。

因此，若有人見到這把劍——

一定會稱呼他為聖劍士吧。

『■■■■■■■……！』

咆哮。亦如人的呻吟。

或許是由於對持用聖劍的他已有明確認知，但無人知曉。

聲音，有兩道。

才剛寸斷為數十碎塊的物體，高吼起來了。

戰意十足、魔力十足，沒有些微缺損。應已確實斃命的兩頭神獸，竟如時光倒轉般當場重構。

「擁有肉體的，也有極為強大的生命力呢。」

他想起在晴海碼頭格殺的那頭巨獸。

頭上開了大洞也依然燒紅雙臂銳爪猛襲而來，生命力確實驚人，但這次又是不同層次。

達到了死而復生。

這狀況有幾種可能。

單純如眼前所見，藉超再生能力復活；或是能以屍骸為材料組成的合成獸，原本就不具生命的死靈魔偶，甚至大複合神殿體這寶具擁有的力量等。

無論如何，總之——

「……牠們是不死神獸吧，騎兵？」

光輝閃耀。

低持的聖劍劍身上，映照著完全再生了的兩具軀體。

「法老即是神。

因此，余背後有天空眾神作後盾。」

主神殿最深處的寶座上。

坐鎮於這奇妙空間，與怪異巨大球體相伴的神王嘲笑著說。

看似魔力迴路的幾道淡光，不停在地面、牆壁、頂蓋的各個角落遊走，顯示其滿溢的龐大魔力。在這巨大神殿體發生的任何事，王都能自動感知。人就連自己體內的細菌活動都感覺不了了，神王奧茲曼迪亞斯卻能掌握這裡的一切。

蠢到膽敢踏入王體內的愚者（劍兵），竟是隻身一人。

何其輕率。

何其脆弱！

至少在君臨天下的王者眼中是那麼回事。

「單槍匹馬就來挑戰諸神的領域？好歹也該三騎聯手吧。」

話雖如此，這也是當然的事。

那麼說之後——神王稍微瞇細雙眼。

消滅應由現代人所駕駛的鋼鐵之船，對神王而言也是不太樂見的結果。但若此舉能勾起劍兵某種絕不退卻的決心，也算是沒白費心機了吧。

「說來還真是諷刺。」王歪唇一笑：「余是為拯救世界而要人流血，那麼你救人是為了毀滅世界嗎？」

沒有答覆。

劍士正專注於迎戰擁有無限再生能力的兩頭猛獸，聽不見他的聲音。

「真拚命啊，哈哈！劍兵！

很好，儘管前進。首先就讓余看看你要怎麼攻克那第一迴廊，向前邁進！你就在余之內在世界，如今以固有結界之面貌成形的複合大神殿裡，嘗嘗神威的滋味吧！」

這複合神殿體並不是單純的要塞。

與魔術師建造的「工坊」也有決定性的差異。

其內的一切，堪稱是令人遙想遠古神代，化為現實的濃厚神祕。

例如——

即為光輝的法老與其部下，有虛假的不死肉體。

對於與法老為敵的不肖英靈，有寶具真名解放的封印。

當然，如同天上有眾多神祇，這裡的神祕不僅是如此。

自古以來，神都是扮演著施予的角色。有時是祝福，有時是詛咒，那麼囊括眾神，堪稱神王體內世界的寶具中，可以想見，也擁有等量的神祕。

「劍兵啊劍兵，你好歹也是手持星誕聖劍的勇者——（星指地球）可別見了余無數神威之後就中途退卻喔。」

關於英靈的失控。

操弄超越人知的力量，參與聖杯戰爭的英靈，有時會以自身想法行動。

如同前述，除狂戰士外的英靈都具有明確的人格。

因此我再三強調了構築良好關係的重要性。

在這裡，要針對源自人格的失控狀況作特別說明。

等同神話、傳說、故事化為現實的使役者威力強大，因此魔術師很容易過度偏重其武器的一面——這要當心。

別忘了擁有人格的武器是多麼危險。

不僅如此。

在聖杯戰爭受到召喚而成功現界的英靈，大多懷有宿願。

換言之，擁有非比尋常，特別強烈的意念——

擁有發自內心的願望，滿懷人性的人格，才是他們真實的一面。

他們失控的可能性，往往比主人想像中還要高。

尤其是能夠冷靜研擬戰略、戰術的魔術師，更要注意這點。

當己方戰力的感情突然失控時，大多需要立刻修正作戰方針。

當然，也會有失控了反而有助達成作戰目的的情況。

若能更進一步地制定連失控也在掌握之中的計畫，更將萬無一失。

可是，一旦遭遇兩者皆非的情況——

老話一句——

該用令咒時，就得果斷使用。

（摘自某冊陳舊筆記）

「要小心走喔。」
「不礙事的，謝謝。這點程度的黑暗，對我完全沒影響。」
「這樣啊。妳好厲害喔，刺客。」
「……不敢當。」

同日同時，東京都西部，奧多摩山中。
有個一身翠綠，彷彿飽含星月柔光的洋裝少女。
周圍林木成群。
夜空繁星滿天。
而少女身邊飄著一個白色骷髏面具——不，是個戴面具的女子。
少女——
沙条愛歌，輕盈地走在夜路上。
真是怪異的畫面。年輕少女與白色面具，走在連街燈也沒有的黑暗中，簡直像童話故事中的一景。如夢似幻，發生在遠離現實的世界。

事實上，甚至防犯監視器的感熱儀都沒有即時啟動。會是愛歌的魔術干擾了它們的運作嗎？無論如何，結果都一樣，伊勢三家的監視器沒有啟動，無法通報入侵者。

所以，愛歌一步一步地走。

目的地是這次聖杯戰爭的參戰者之一——伊勢三玄莉的工坊。眾多伊勢三氏族魔術師潛藏的魔術要塞。

是的，一點也沒錯。

對愛歌而言，哪個家族有多少人盤據在那裡並不重要，真正重要的是到達與騎兵締結契約的主人位在這山中的藏身處。

她們還沒有到達目的地。

因此——前述的既定慘劇尚未發生。

那是接下來的事。

「……開始了耶。」

愛歌在山路中停下，轉身遠望。

蒙面女子（刺客）默默頷首。

她明白少女的意思。
知道自己的主人正望著什麼。
不是夜空。
也不是森林，不是身邊的她，更不是伊勢三的工坊。
刺客很肯定，主人凝視的是更遙遠的地方。
即使是自己這樣的使役者，若非具備最高級的千里眼也看不見。是愛歌有那樣的超遠距視覺，或認知、預測能力嗎——或者，她只是望向自己心中之人的方向而已呢？
「哎呀。」
少女的視線忽然指向上方。
在她開口之後，刺客才發現她看的是星星。
「星星好美喔。這裡空氣也比東京好很多呢。雖然這裡還是東京就是了。」
少女說完，瞇眼微笑。
蒙面女子只是默默頷首。
「來，我們要趕路嘍。」
「是。」
「以宴會來說，這或許有一點點可怕喔。」

少女舉步就走。

走向經重重結界守護的地下工坊。

眾多魔術師與其眾多家眷、騎兵之主伊勢三玄莉，以及具有聖人特質的純真少年所在的黑暗樂園。

或者說——

等待慘劇發生的祭牲圍欄。

每個人都必死無疑吧。

死於刺客身上的致死之毒。

不時地聽著純真少女的嬉笑聲，看著她的微笑。

能逃離這場危難的人類——一個也不存在。

Fate Prototype
蒼 銀 的 碎 片

Dear My Hero ACT-1

一九九一年，二月某日——

東京灣上神殿決戰八天前。

秋葉原車站昭和路出口附近的小居酒屋一角，坐了對男女。

他們暢飲著啤酒熱絡對談，已近一個小時。

男方年紀少說也有二十多歲，身材結實。明眼人一看，肯定會對他那身千錘百鍊的體格讚歎不已。國籍不明，要說日本人是有點像，立體的五官與看似太陽曬出的略黑皮膚也有中東或南美的感覺。

女性則是年約二十左右的年輕白人，眉間仍留有濃烈的少女氣息。鮮豔紅髮與蕾絲髮帶十分搭調。若換套衣服，被誤認為十七八歲也不無可能。那張有著綠色大眼的童顏，經常帶著笑容。

「乾杯！」女子吆喝著舉起大啤酒杯。這是第二杯了。

「好！」男子回答，並與女子叩杯。

兩者的外表都給人年輕的印象。

抓十個人來問，這十個都會猜測他們是「大學生的年紀」。若一起走在市中心，任誰第一眼都會認為是留學生情侶吧。其實，在這間居酒屋外場打了半年工的女大學生對他們的第一印象也是感情很好的戀人，即使不經意聽見他們對話的隻字片語也沒有改變。

在這條街上，年輕的外國人並不稀罕。

因為這裡是秋葉原電器街。

常有外國人為購買免稅商品而來到此地，最近來逛電腦產品的年輕人也變多了。外國觀光客雖不太會特地造訪與電器街夾著車站並列的昭和路，但也不是完全沒有。

所以這是常見的畫面。

會覺得有點特別，會是他們氣氛的緣故嗎？

「日本的酒還真有意思。流過喉嚨的感覺……真不錯。」

「皮爾森的啤酒其實是歐洲品牌，不是日本的啦。還有，那種感覺叫作『喉感』，要記住喔。」

女子笑呵呵地說。

男子帶著清澈眼神點了點頭：

「這樣啊，這喉感真棒。」

一飲而盡。

隨著空酒杯增加，點的菜也越來越多。

兩人表情是同樣地生氣蓬勃，十分耀眼。

居酒屋老闆對這對男女印象特別深刻。這晚之後，每有機會就和其他客人聊起，說他們明明那麼年輕，卻能那麼明白及時行樂的道理般享受人生，一定是某種天分，或說最近那些看起來要死不活的年輕人應該像他們看齊等等，變成醉漢常用的訓話題材——

總而言之。

他們就是那麼熱情，神采飛揚。

一對散發豐沛陽光氣息，受眾人喜愛的男女。

「話說，這城市還真大，房子多人也多，而且還很有趣。第一次坐鐵箱子旅行的時候，我還嚇了一跳，不過越看越有意思。還有那個。」

「哪個？」女子歪起頭，髮絲搖晃。

「鐵龍。」

男子表情認真地說。

一瞬之間。

若是仔細觀察這對男女的人，多半會發現她們之間出現一段怪異的空白，不過打工小妹和老闆的注意力正好都在其他地方。畢竟晚上客人多，忙得很。

「你是說電車吧？」女子保持微笑。

「就是電車，那也很有意思。叫作車站的房子，就像龍巢一樣。」

「啊哈哈，你的比喻真有趣。不過，龍巢不會有人來來去去吧？」

「那倒是。」

男子也笑了。那是個會讓人覺得他個性樸實正直，討人喜歡的笑容。

「比起法利敦王那朝代作亂的那條邪龍（Azh Dahak），現代的鐵龍實在溫和多了。肚子裝了人也不會消化掉，還會吐回來。」

「對呀，電車才不會吃人呢。」

女子應聲點頭，將剛起鍋的炸雞塊一口塞進嘴裡。

小聲讚歎說「好吃」後，拿大啤酒杯猛灌一口，兩口。

「噗哈！話說，地上地下都有各種路線的鐵路，或許就是東京的特徵喔。」

「妳的國家不是嗎？」

「看地方吧。我那邊有城市捷運，但沒有這麼四通八達。」

說著，女子翠綠的視線稍微從男子移開，再稍微往上。她是想起了過去，從前生活過的某個地方吧。

「……不過這個秋葉原還滿讓我驚訝的。」

「是嗎？」

「是呀。」女子點點頭：「明明車站還算有點規模，站前的餐廳卻這麼少。」

「好像真是這樣。」

「電器的免稅店那麼多，結果啤酒屋之類的一間也沒有，又不是要皇家啤酒屋那種等級的。」

女子稍微做出不滿的表情。

真的只有一點點，是完全感覺不到任何真怒氣的假嘟嘴。

「有什麼關係，我們最後還是找到能大口喝酒的地方了啊。」

「也對啦。」

「啤酒真好喝，喉感也痛快。」男子笑道。

「小菜也好吃。居酒屋真是太棒了！」女子也笑了。

真是一對笑得多，吃喝也多的男女。

他們——

「艾爾莎，很高興妳是我的主人。」

「嘴那麼甜，是想多討一杯啤酒嗎，弓兵？」

「我不否認。」

「啊，小姐，我要加點。大啤酒兩杯！」

「……真佩服妳。在戰爭當中也能這麼豪放不羈，我越來越喜歡妳了。」

不是情侶。

也不是留學生。

來到日本不是因為相愛，也不是為了學習。

而是以英靈（使役者）身分，魔術師（主人）身分——

為與其他六人六騎廝殺而遠渡到東京。

「第三杯嘍，乾杯！」

這名愛笑愛喝酒的紅髮女子。

艾爾莎．西条是德日混血。

經常被誤認為二十出頭，但其實早過了二十五歲，接近三十。

國藉是日本與西德皆有。啊，西德這詞在一九九一年的現在已經不具意義了。因為大約五個月前，也就是去年十月，她的祖國德國完成了東西合璧的歷史偉業。

「噗哈！」

到第二杯還只是正常地喝，這次卻一口氣灌了將近半杯。

那高強酒力是遺傳自她的德國人父親，還是受到在日本東北米鄉長大的母親影響？無論何者，那都是她雙親送給她的禮物。

與魔術基盤和微乎其微的魔術刻印一併繼承自雙親的東西。

「喜歡吃煎蛋捲嗎？要不要再來一盤？」

「太好吃了，拜託拜託。」

「好～……小姐，我要再叫一盤煎蛋捲！」

舉手喚了喚打工服務生之餘，艾爾莎腦袋一隅想著另一件事。

感覺好像。

這間居酒屋的格局和德國皇家啤酒屋的一樓很接近，酒和菜色都不錯。醉客的喧囂和傷腦筋的地方，好吧，也是挺像的。不同的就只有大小和音樂。再怎麼說，居酒屋也不會有樂團演奏乾杯之歌。

（嗯，真的很像。）

每個城市都一樣。

每個國家都一樣。

艾爾莎認識到，這世界並沒有完全的異鄉。

說是親身體驗也行。以攝影記者作表面身分的她曾經遊歷過許多國家，目睹許多事物。巴勒斯坦、愛爾蘭、中南美各國、柬埔寨，穿梭在各式各樣的人群中，曾見過無數孩童，也眼睜睜看著無數生命消逝。其父親等魔術師所說的「根源」漩渦所孕育出的萬物，都包容在這獨一無二的世界之中。人們總是為美食美酒喜悅、大笑，與朋友歡談，可愛的孩子到處跑跑跳跳。

同時，每一個人身邊的咫尺之處——

都有個張著血盆大口，滿口尖牙的地獄在等待他們的危險世界。

舉世皆然。

像這樣對飲的自己身邊的五吋之處，五分鐘之後，就有地獄存在。

刺肉聲，撕肉聲，槍聲，爆炸，怒罵，短刀，柴刀，憎恨，嫉妒。任何人都可能遭地獄吞噬，任何人都可能被殘酷野獸嚼食著，卻漠視包含自己在內的許多人。

這裡與地獄的差別——就只有位置、座標的微小差別。

僅僅五吋、五分鐘的些許不同。

幾乎無異，到哪都一樣。

「…………」

艾爾莎綻放光彩的瞳眸微微蒙上一層陰霾。

因為不禁聯想了的關係吧。

幾件平時克制著不回想的事。她告誡自己，在這個稱作弓兵的男人面前要尤其注意，結果還是疏忽了。

（受不了，我真是個笨蛋。）

活潑樂觀、開朗。

希望隨時都能維持這樣的印象，成為這樣的人。

提醒自己，保持笑容。

平常，只要自然地舉手投足，笑容就會自動浮現。對於這個身邊大多數人，有時第一次見的人也幾乎都覺得很和善的表情，艾爾莎相當自豪。或許有點接近自我意識過剩或過度自信，但這自我意識也是被自己最愛的人誇讚出來。從某個角度看，也是無可奈何的事。

（唔~他應該有發現吧？）

艾爾莎偷瞄桌子對面那個褐膚壯漢（弓兵）一眼。

結果四目相交。

沒有一片陰霾的黑瞳眸正注視著她。不偏不倚。

「……幹嘛？」她戰戰兢兢地問。大概真的發現了吧。

「沒什麼。我只是在想，我也好想看看妳見過的世界而已。」

「啊哈哈，什麼意思啊？」

「妳說呢？」弓兵將第三杯啤酒灌下一半，聳聳肩。

完全被他看穿了。

視線和表情都這麼說。他是體貼才不提的吧。

真是個機伶得教人生氣的使役者。其實也不怎麼氣，反而還覺得感激，甚至抱著感激之情說的話已經占了大半。

「妳就是那種明明還很年輕，就已經見過很多黑暗的人吧，艾爾莎？」

她也有此自知之明。

知道自己在全世界看過太多不該看的事物。

了解世界上還有很多值得珍惜的人性光輝。

在修練魔術的同時——即使有這樣的正當名義，飛遍世界各地的經驗並不會總是有益。

儘管獲得很多，例如如何在險境中取得有利位置、掌握實際的現代戰況，以她自傲的笑容培養出的人脈等，但失去的也不遑多讓。

不，不對，不能這麼說吧。

若將負面經驗也同樣視為有用的積蓄，便什麼損失也沒有。

艾爾莎感受著雙頰開始微升的溫度，轉過頭去。

（也對，錯的不是世界。）

也許只是觀點變了。

而且不一定是環遊世界所致。

在祖國、故鄉。

失去比什麼都更重要的唯一，那才教人——

「……討厭啦，你什麼都看得透吧，弓兵？」

「是嗎？」

「就是啊。如果不是，你剛剛就不會說那種話了。」

感覺還是很討厭，太不公平了。

這邊只是單純的人類，或者說，能用一點魔術的女人，而這個猛男卻是個眼睛彷彿能看透人心的英雄。而且不是一般的英雄，是實實在在的大英雄，古波斯神話中的傳說弓手。

（雖然以人生經驗來說，我應該累積得比他多一點才對。）

思緒不禁開了岔。

生前時間的用法或生存方式那方面，他應該運用得緊湊得多了。

儘管論年紀應該是自己在上，不過三千多年前，才二十出頭就結束一生的他，感覺卻比自己成熟多了。

而且，就連一點醉相也沒有。

明明喝得一樣多，自己的臉頰都有點發紅了。

使役者不會喝醉嗎？

啊，不是。他在那方面更不一樣。

「就算是眾神喝的酒也醉不倒我。」

「我又還沒醉，還沒喝到影響戰鬥的程度。」

「我想也是。」他點點頭，喝完剩下的半杯。

他和他的相貌一樣可靠。假如自己還是不到二十歲的純情少女，可能看見他充滿男子氣概的喝法就已經愛上他了吧——想到這裡，艾爾莎整理思緒。如此末節的感慨或反應，都只是放在意識或思考的角落裡。艾爾莎．西条這個主體，時時都戒備著可能發生的戰鬥。

像這樣把酒言歡。

開懷大笑。

回想世界的真實面貌或回想從前，全都只是附帶。

東京是戰場，而自己是戰士。無論心裡有多麼感傷的事也不會讓它成為主體，占據自己的中心。

搭機前往羽田機場的前幾天，或半個月前為召喚弓兵而取得觸媒的瞬間，聖杯戰爭一直都在艾爾莎的中心點。

「真佩服妳」

他挑起一眉說。

這是他今晚第二次讚歎，不過意思和第一次有點不同。

「在我的記憶裡，西方魔術師都是一群不知變通的老頑固呢。這國家的魔術師也大多是承襲西方的宗派吧？」

「除了古老的結社之外，想和鐘塔打好關係的人，大多是那樣吧。」

「妳家不是嗎？」

「我家在德國耶。」

艾爾莎笑著這麼說，將剩餘的第一盤煎蛋捲一口塞進嘴裡。

「不過，我覺得應該跟這國家的魔術師差不多吧。畢竟我家不是什麼名門貴族，我還是個壞學生呢。」

——想也沒想過，自己居然會成為參加聖杯戰爭的主人。

接著這麼說之餘，艾爾莎思緒中接近中心的領域想著——

這個謊，應該也會被他輕易看破吧。

可是，還不能說。

還嫌太早。

即使他的瞳眸看透得再多，英靈的神祕能讓他辦到那種事，艾爾莎仍想對他詳實說明藏在自己內心深處的那件事。希望以對待人的方式，回應當自己是人的他。

因此。

艾爾莎如實地親口告訴他自己的過去，是兩天後的事。

現界的英靈們，全都具有稱作技能的超常能力。

技能分為兩種：職業技能與固有技能。

職業技能一如其名，是什麼位階就會獲得什麼技能。

弓兵有反魔力與單獨行動。

魔法師則是設置陣地與製作道具。

儘管英靈本身不具有反魔力技能，只要被召喚為弓兵，就會從職業技能獲得反魔力。

只是，所有技能都深受英雄出身的影響。

至於固有技能，則接近英靈原有的能力。

在傳說中有何表現，生前有怎樣的技術。

固有技能將由此決定，並深受其影響。

相較於總共就那麼多的職業技能，固有技能種類非常多樣。

說有多少英靈就有多少種也不為過。

他們所擁有的神祕與招式，都將以實際形象展現。

（摘自某冊陳舊筆記）

「再見嘍。」

那對男女——弓兵與艾爾莎離開了先前的居酒屋，有如親暱的情侶或朋友，在住商大樓高矮林立的秋葉原車站昭和路出口前揮手道別。經過討論，他們決定今晚暫時個別行動。

「雖然到這邊都沒人上鉤，還是要小心喔。」

「好。」

「接下來，這場打獵就交給你了。如果遇到了，不要追太遠喔。」

「我知道，這是我的專長。」

「也對。」艾爾莎往鄰站ＪＲ御茶水站附近，臨時歇腳的旅館移動。

「交給我吧。」弓兵開始搜索周邊區域，尋找敵方使役者。

接著轉過身舉起一手，揮了幾下。

走進秋葉原陰暗的夜裡。

兩人當然都很清楚，個別行動本身會對雙方帶來不小的風險。若主人隻身遭遇敵方使役者，別想有贏的念頭。單憑魔術師之力，幾乎不可能殺死強大神祕凝聚而成的英靈，因此主人與使役者不該輕易分離。

可是，也不是任何情況都是如此。

就偵查行動而言，沒有主人跟隨有時效率更好。此外，與擁有一般魔術根本追不上的超高速或廣域攻擊等影響能力的敵方使役者戰鬥時，主人在身邊反而甚為不利。

所以現在要個別行動。

原因是前者——偵查。畢竟召喚至今只是第二天。

「如果釣到劍兵那種的就好玩了。」

脣角大膽一吊。

男子——弓兵的姿態在街角暗影中發生變化。

由魔力編造而成的輕甲冑，不足兩秒就覆蓋了他的全身

他是很喜歡艾爾莎（主人）為他挑選的連帽外套和襯衫等現代服裝，但要隨心所欲地活動，還是這身戰服舒適。弓兵自然地感覺、認知到，自己正從一個非人之人轉變成為戰鬥而存在的一介兵器。

身穿鎧甲，手持鮮紅大弓。

這還稱不上寶具，只是由特殊的道具製作技能造出的弓。

生前要利用各種器材、原料，耗費時間與精力才能完成的東西，現在只需一眨眼的功夫

便完成。

（……這就是英靈啊。）

到現在，弓兵才實際感受到——

自己真的不是人類的事實。

三千多年前，那個服侍偉大的西亞神代世界最後君王——馬努切赫爾的最強勇士，與英雄伏魔傳說背後神祕直接相關的戰士，為解救波斯與圖蘭兩國人民而射出絕世一箭的英雄，已經不復存在。那都是自己，卻也不是自己。

因為，生前的自己早就死了。

站在這裡的自己——

「好，上工吧。」

是英靈、使役者。

主人為奪取聖杯而召喚的武器。

那麼，就老實以武器的方式行動吧。弓兵如此冷靜地省視自己。

首先從秋葉原電器街出口後方越過ＪＲ車站，跳上幾無人煙——雖然晚間八點後，這條街的人影早就寥寥無幾的大型停腳踏車場樓頂，接著是住商大樓樓頂後的，再一個樓頂。

藉著連續的超跳躍力，在秋葉原空中高速移動。

儘管是超乎常人所能的行動，以這種程度而言，和生前並無多大差異。

（我還是以我的樣子返回世上了啊，真是奇妙。）

懷著各種感慨，弓兵在高速的跳躍式移動中觀察秋葉原的構造。

主意識仍是搜敵，只有一小部分朝向自己的內面，像艾爾莎那樣。

見不到敵蹤——城市變了很多，夜空也是。

感不到殺氣——但是，人本身卻沒怎麼變。

嗅不到魔力——一定和天上眨眼的星星是相同道理。

彷彿被夾在星海之間。

天上夜空的星光，與地下東京的燈火。

「也不錯。」

弓兵將呢喃留在當前空間，間歇地跳躍，飛越東京的天空。

並不是盲目移動。

不，要說是盲目移動也不是不行。

這是場狩獵。既然要等待獵物上鉤，也算是釣魚吧？

——這時，尖牙逼近誘餌的預感滾滾湧上。

獵物來了。敵人來了。

比預想早很多。對方也和自己一樣，在這一帶巡邏嗎？

弓兵第一次感到使役者特有的氣息。

「和殺氣跟魔力都不一樣呢。」

弓兵領會地點著頭，維持時速一百公里以上的高速跳躍，姿勢絲毫不變地凌空抽箭上弓，射擊。一箭，再一箭。他將幾乎在感到氣息的同時，出現於後方三百公尺處的人影斷定為敵方使役者，開始遠程攻擊。跳躍，射擊。跳躍。射擊，射擊，射擊。

兩者雙雙高速移動，越過一個又一個樓頂。

進行在反覆連續跳躍之中的遠程戰。

弓兵的攻擊節奏沒有些許減緩。

由魔力半自動形成的必殺箭矢，一枝又一枝地消失在東京的黑夜中。

（厲害，擋得真好。）

吹起讚歎的口哨。

這連續遠攻，有阻止敵方使役者接近嗎？

就某一面來看，的確有。然而換個角度卻又有些不同。敵人沒有接近是事實，也可說是

從一開始就單方面採取守勢——但別說致命傷，就連小小的擦傷也沒有。

毫髮無傷地緊追在後。

配合著弓兵跳躍移動的速度。

原以為成功誘出了敵方使役者，不過看樣子，對方似乎具有自動化解遠程攻擊的手段。不是被躲開吧，每枝箭都是在命中前就遭到消滅了。

正確說來，是燃燒殆盡了。這是某種魔術或技能嗎？

這麼一來，弓兵持續的便不是攻擊，頂多是不讓位階不明的敵人輕易接近的牽制。

（要認真點嗎？）

腦裡忽然閃過這念頭，卻又立刻否定。

不會動真本事，沒有必要。

不必事先準備大量箭矢，只要有效運用製造弓箭技能，弓兵就能瞬時重現他生前的絕活。能掩蓋天空的萬千箭矢一旦擊發，等於是親手奪去夜裡仍留在秋葉原的所有人性命。

一箭箭地消滅，與一次消滅萬箭所需的力量畢竟不同。

只要力道拿捏稍有差錯，就會使秋葉原這城市毀於一旦，令無辜百姓遇害。

（啊……我懂了。）

剎那間，弓兵有所領悟。

啊啊，經過三千餘年時光而不變的——不只是人和星空。

在這胸懷裡燃燒的鬥志，也確實和生前一模一樣。

看來，自己——

（還是我自己吧。）

只好暫時自制卯起來射箭就會造成的地毯式遠程攻擊了。

是為了艾爾莎所說的隱匿神祕？

不，是更根本的問題。最好的情況，頂多是在不太會有人的地方，譬如以山野為戰場從超遠距離狙擊吧。雖不知有沒有福氣碰上這種機會或狀況，總之現在不適合那種戰法。

那麼該怎麼辦呢？故意讓對方追上嗎？

「也好。」

任刻意的自答乘風而去後，弓兵中止高速移動。

將最後一次跳躍的落地衝擊從腳底分散至全身，無聲無息地落在八樓高的住商大樓頂。

他知道沒有任何魔力介入的物理能量，對自己這副使役者的肉體影響極為薄弱，不過若不分散衝擊，恐怕會瞬時摧毀無辜人民的財產（樓房）。

弓兵緩緩站直，轉過身去。

不必尋找緊追的敵方使役者氣息，人就在視線彼端。

距離約三十公尺，相鄰的六層大樓上。

那是個身披銀甲的人。

好美。美得教人目不轉睛的夜行生物就在那裡。

弓兵很自然地有那種感覺。

那個人，不是活在陽光下的人。

不是將她當成幻想種之流的怪物，純粹只是覺得她與夜晚的黑與靜十分契合——是個屬於陰影及黑夜的女人。身穿烘托女性曲線美的單薄銀甲，手持大得難以置信，舞起來卻輕如鴻毛的巨槍。

臉上只有一種表情。

憂鬱。就只有憂鬱。

將明媚、爽朗、樂觀等情緒全部主動放棄的女人。

可說是和艾爾莎正好相反。

這女人和見過多種地獄也依然保有笑容的她完全一樣，卻也完全不同——弓兵看得出，看得見，看得穿。使役者身分賦予他雙眼的能力，讓他有這種本事。

「……你是第三階的使役者吧？」

女人的聲音傳來。

應該不是想對話，只是作確認。

可是——

「那妳是第四階的槍兵吧？以妳一個女人來說，那把槍真是大得嚇人啊。可以當那是寶具嗎？」

弓兵還是回答了。自發性地。

明知她多半不會回答。

「可以。」

啊啊，她不只是憂鬱。

表情變了。

才剛結束一段短暫的廝殺，女人卻淺淺地——微笑了。

普通男性都會被她迷倒吧。好一個美豔女子的淒美微笑。

但是弓兵並非普通男性，有雙卓越的眼睛。即使看出那微笑是悲哀與憂鬱導致的結果，也能判斷該不該安慰她。現在，當然是不該。

「我想，我和妳這一場，應該是聖杯戰爭的第一戰吧？」

「對。」

「我們都是才剛知道英靈交起手來是什麼感覺吧？」

「對。」

她應該懂。

這點程度只是小試身手，不會決定什麼。

別說彼此根本沒出招，就連認真的廝殺都算不上。

但儘管如此，他們使出的力量已足以消滅所有生活在這城裡的人。就算東京的軍隊駐地派出大批鋼鐵戰車等現代兵器也傷不了自己（使役者）分毫；而城市、人民和武器卻會被自己單方面地粉碎。只要不管箭的去向，就很容易發生那種事。

使役者——是不該存在於這世界的臨時過客，也是絕對的破壞者。

自己就是這樣的東西。

這就是聖杯戰爭。

利用七騎英靈這超規格神祕所進行的空前大規模魔術儀式。

這感覺不是來自聖杯灌輸的知識，而是弓兵來到這裡後的深刻感受。佇立在眼前的那名女子也一樣吧。英靈與英靈巨大力量的對撞，英雄故事中傳頌的奇蹟與絕技的具象。甚至能扭曲物理法則，對世界造成某種蹂躪的神話重現——

全以這遠東都市東京為舞台。
往後幾天，自己這些使役者就要單純為自己的宿願與慾望，進行那樣的戰鬥。

技能是極為強力的神祕，但並非絕對。
堪稱絕對的另有他者。
那就是寶具。

寶具才是會對聖杯戰爭趨勢造成決定性影響的重大要素。
它們的形象大多是來自其英靈傳說中歌頌的裝備，擁有無庸置疑的絕大力量。
Noble Phantasm。
因眾人之幻想而成形的窮極之力。

主要以攻擊為目的的器具，便很可能成為寶具，但不是必定。
無論如何，它們都肯定會嚴重影響戰局。

與具有限定功能的魔術禮裝之流相同——
寶具一旦揭露真名，灌注魔力，便會真正發動。

屆時的威力，同樣是巨大無比。
只要是攻擊型的寶具，肯定能將敵人摧毀得灰飛煙滅。
無論對方是英靈、魔術師或與魔術世界無關的普通人都一樣。
切記。
聖杯戰爭中，有諸多事項必須時時注重。
想取得最後勝利，寶具的運用方式始終是最需要注重的一項。

（摘自某冊陳舊筆記）

渴望聖杯實現的願望、慾望。

艾爾莎・西条也同樣有那些焚心之思。

契機，說起來相當單純。

因見過地獄才懷藏的——願望。

因恐懼地獄才釀成的——慾望。

簡單明瞭地說，就是怕了吧。

艾爾莎去年受友人之託而以攝影師身分前往某國時，不幸目睹執政者下令的大屠殺——無數骨骸，不分老幼地堆積如山的屍體，倫理與常識完全崩潰、破壞、蹂躪。從前稱為綠洲的樂園已找不到任何殘跡。只因殘忍的暴力，強迫的飢餓，或人種、知識分子等原因，人們便以百萬、兩百萬、三百萬的數量死亡，死亡，死亡，死亡。恐懼——簡而言之，艾爾莎崩潰了。

因為那勾起她的回憶。

從前自己身上發生的事。

封鎖於心底最深最深處的慘痛往事。在她面對異國土地上突然出現的人間煉獄時，全爆發出來了。艾爾莎完全無法抵擋，只能任其崩潰。

再也不想見到這種景象。

不願想起。

死亡、喪失，失去真愛的悲劇就在自己左右。

於是她祈禱、祈求，肝腸寸斷。

最後，沉眠於遠東的聖杯回應了她。

藉由在其右乳上緣顯現令咒的方式。要她許願，要她欲求。

艾爾莎順從了聖杯，以願望為光，慾望為友而重新站起。即使只是個怎麼也算不上名門，逐年凋敝的魔術師家系繼承人，也大膽表明參加由魔術世界中心鐘塔協辦的最高層次魔術儀式——聖杯戰爭。

爾後，她用盡所有手段取得西亞傳說中大英雄的觸媒，拿出本該隨家系衰微，一同腐朽的祕藏魔術禮裝。

甚至背叛了比魔術師這類人更接近正常人得多，投注大量關愛養育她的父母，盡可能地準備與神祕無關，應該避諱的現代科學武器——手槍、手榴彈等類。

只為實現那椎心的願望。

只為撫平眼見地獄以來，完全回想起來的事實——在她胸中不斷抽痛的心傷。

最後，她成功召喚了最強的力量，具體的神祕。

聖杯戰爭中的王牌。

使役者弓兵。

他——

沒錯。應是英靈，並非人類的他，比事先猜想得更像人。

這讓艾爾莎大吃一驚，但也很高興。弓兵將逐漸變成一個許願機器的她當成一個人，一個女人來面對面地誠心對待，給予她極大的寬慰與安寧。

他們很快就打成一片，能無所顧忌地對話。

可是……

可是……

他擁有A級的千里眼。那烏黑的瞳眸，肯定能看穿潛藏在那張笑容底下的私慾，無法負荷的深沉傷痛。

這個傷，這心傷，簡單而可笑地——

將艾爾莎．西条這個人格的核心刺穿、翻攪、破壞殆盡。

——所以，我才會變成這樣吧。

弓兵與槍兵為聖杯戰爭揭開序幕的五天後。

東京灣上神殿決戰的三天前。

在午後的奧多摩山區，艾爾莎獨自遭遇了決定性的那一刻。

前往充斥冰冷空氣的冬季山區不為別的，就是因為情報指出，有個巢穴設在奧多摩某處的魔術師一族，從聖杯戰爭開始前就幾乎斷絕與外界的接觸。艾爾莎立刻斷定該族——即伊勢三家的某人已成為擁有令咒的主人，然後與弓兵開始行動，襲擊據點。

沒幾個小時，他們就有所斬獲。

但不是據點。

可能是伊勢三的使役者，或者是和自己一樣，為尋找伊勢三一族的巢穴而入山的其他使役者。而且正好是單獨行動，周圍看不見主人的蹤跡。

「給他點顏色吧，弓兵。」

這綠意深濃的險峻山林正是他的獵場，沒問題。艾爾莎如此篤信。

「好。妳自己小心那邊的主人。」

「那當然。」

防禦禮裝與攻擊手段都準備充足。就算遇上色位(Brand)階級的強力鐘塔魔術師也能撐個幾分鐘；即使自己能力當然遠不及完美，也盡可能擬出了各種對策。

若有幾分鐘時間，應該是逃得掉。

艾爾莎很清楚自己不是超一流的魔術師。

專注於怎麼存活就好。要是死了，有再大的宏願也沒用。這是她訂下飛往東京的機票當時就堅決訂定的方針之一。

只是逃不逃得了，全看對方主人的本事。

用風元素轉換魔法看看情況吧——

『……我想阻止聖杯戰爭。』

第二天，在秋葉原路上遭遇的魔眼少年閃過腦海，被艾爾莎立刻甩開。

她不能阻止聖杯戰爭。

她是為了實現願望才來到這裡。

不會再有遲疑。要是再見到那名少年，無論他再善良，也會毫不猶豫地殺了他。

——沒錯。我不能再猶豫了，要這樣想才行。

零點一秒的猶豫。

本該只能以思緒末梢進行，無關戰鬥的感慨般的想法，在那時進入了艾爾莎的思考與意識的中心。從那一刻起，某種近似命運的定數或許就已經敲定。

為戰鬥重整意識後，行動開始。

「澄澈無極。」

準備魔術戰，對雙眼施放強化視覺的魔術。

儘管與弓兵的千里眼相比形同兒戲，但也無法奢求。

再說，那在這狀況下應該已經足夠。敵方使役者尚未發覺弓兵的存在，在對方進行遠程攻擊前，這邊肯定有先發制人的機會。漫無目的地警戒四周，在山中移動的敵人，與認定有明確敵人存在而搜山的自己並不一樣。

將意識集中於視覺，進行搜敵。無論如何都要找出來！

一分鐘過去。

兩分鐘過去。

弓兵在遠離主人三公里之處開戰的那一剎那，艾爾莎清楚找到了魔術師，敵方的主人

——在對方察覺之前。

（咦？女孩子？）

那個人——沒錯，具有清純少女的形體。

端莊美麗，純真無邪。

年齡完全不同。

與更幼小更稚嫩的那孩子，看起來完全不同。

艾爾莎卻凝視著她的步伐，聽著她哼的歌，與她四目相對。窺見她眼底深處某種東西的那一刻，艾爾莎的視覺強化魔術完全粉碎了。

取而代之的是——

強行在浮現在她眼前的畫面。

『媽媽，我愛妳。』

到無照營業的保育設施接他，牽手回家的那一天。

『媽媽，我愛妳。』

注視他抱著足球，笑得好開心好可愛的那一天。

『媽媽，我愛妳。』

儘管出聲都很痛苦，卻仍那麼說了的最後一天。

「啊……」

應已藏在心底最深處的笑容。目睹地獄那天想起，卻決定在聖杯戰爭當中封鎖的重要記憶的，最愛的人。那孩子。絕對不會遺忘，心中傷口再深也不可能會遺忘，我比誰都更疼愛的孩子。

總是說「媽媽，我愛妳」，「媽媽笑起來好漂亮」。

不足五歲便早夭的那孩子。

「啊，啊……啊啊……路卡……」

心傷。

那正是艾爾莎願望與慾望的根源。

孩子。在遙遠過往痛失的愛。所以，她在那國家也克制不了，於是瘋狂懇求、祈禱。拜託上蒼、乞求上蒼，救贖所有的母子吧！

「路卡——！」

那是，確鑿的傷口。

那是，無疑的破綻。

由於有這傷口，這破綻，這當下——艾爾莎才會嚴重誤認。認知倒錯，意識與思想完全扭曲，將瘋狂的妄想視為應當。在她的視線中，那翩翩漫步的可人少女使用了某種力量，也是造成這結果的部分原因吧。

總之，艾爾莎的聖杯戰爭就此結束了。

她看著那少女模樣的敵方主人，是這麼想的——

啊啊，太可憐了。

那一定是個無辜捲入聖杯戰爭，自己必須呵護的女孩。

——對不起，弓兵。請你……原諒我。我——

正常意識的僅存碎片。

使她背倚瘦木，嗚咽啜泣。

淚滴從翠綠瞳眸滾滾零落——

名為艾爾莎．西条的女人，從這一刻起，落入了少女面貌的惡魔手裡。

Dear My Hero ACT-2

一九九一年，二月某日——

東京灣上神殿決戰兩天前。

杉並區立塚山公園。

寂然座落於東京都內某閑靜住宅區的公園，已成了某種異界。

園中恍如森林的茂密常綠樹群，彷彿圍繞古老神社的社林。或許有些人能從樹中看出神祕的跡象，但這座公園內還有其他奇異的具現化神祕，而且比樹明確多了。

仔細看吧。

瀰漫夜晚特有靜謐的無人公園中央——

二十世紀末的大都會中心地帶，居然出現了這麼一棟仿照上古人類所居住的半穴式屋舍，於樹林邊緣搭建而成的全新復原屋。落成至今只滿三年，稱作新房也不為過。

新建的上古房屋，種下沒幾年的樹林，宛如新品的電燈。

內行人一看，便能立刻了解這一切是怎麼回事吧。這區立公園的時間概念受到了扭曲，

但不是出於惡意。人類甚至有能力重建古代景觀。原因可能是該地有古代遺跡實際存在而重

新再造，或單純為了教育下一代，或兩者皆是。

無論如何，古代風情又在這名為東京的土地復活了。

假如正好有這麼一個魔術師之類與古老神祕相關的人見到這地方，會說些什麼呢？會覺得深感興趣而亮眼，還是會覺得現代文明真是傲慢得噁心至極而轉身就走，還是斷言這裡沒有值得矚目的幻想碎片呢？

至少——悄然現身此地的女子，反應並非任何一種。

只是，沉默。

只是，瞑目。

「……」

即使顫動著長長的睫毛，睜開閉上的眼。

顯露她紫水晶般的瞳眸。

心裡還是對那遍布周圍的人造古代場景一點感想也沒有。

她根本沒興趣。對這些不屬於現代的古代景物，考古學者和超常魔術師都追求的事物，現稱神代的失落時代那夢幻綺麗的過往，她是十二分地了解。

因為她本身就是幻想。

神祕構成的形體。

誕生於神話，以傳說為食糧才得以成立的美麗生物之重現。

與夜晚寂靜天造地設，如今也敞身於夜色中的女子。

她將遠超乎自己身高的巨大金屬塊——長槍，輕巧地單手操弄。

「狂戰士，你……」

並雙唇略張，為今晚殞命的狂獸寄予幽思。

她就是這樣的女子。

啊啊，到了白天，一定會有很多小孩在這園子玩耍吧。

好舒服、溫暖的地方。

若是從前的自己——

一定會瞇著眼，疼惜地注視那燦爛的畫面。

解除靈體化的同時，持槍女子（槍兵）緩緩張開閉合的眼睛。

懷著那樣的感慨。

對於腳下深處應仍存在的遺跡或一旁的復原屋，她沒有任何關注。

在她眼中唯一有意義的，就只有那些個遊樂器材。聖杯自動賦予她的知識告訴她，在陽光撒落林間，而非如此陰影瀰漫的時刻，那周圍一定是充滿了活潑的歡笑。

女子——

槍兵，臉上浮出那麼一點點微笑。

想像著連照亮黑夜的路燈都無須作用的白晝公園。

緊接著——

表情隨即滿是空虛與哀傷，嘆一口深深的氣。

表情變換得有點快。

「……」

再嘆一聲。

這次回想的，是前不久發生於杉並區一角的死鬥。

應為術之英靈（魔法師）主人的玲瓏館家當家所坐鎮，等待其他使役者自投羅網的玲瓏館家領地中，發生了多達五騎的混戰廝殺。狂獸同時對抗包含槍兵在內的三騎英靈也依然屹立，直到騎兵駕著遠遠凌駕音速的太陽船騁空而來，才在其降下的光雨中毀滅。

乏味的結局？不。

無謂的下場？不。

那是絞盡全力拚死奮戰的結果，尊貴勇士的生命光輝。

即使遭看不見的利劍刺穿等同靈核的心臟，背後捱了她足以將其軀體斬成兩段的一槍，全身刺滿無數魔力箭，狂獸也仍然高聲咆哮，不停揮舞比千鍛之刃更強韌的鉤爪。

那正是狂戰士（Berserker），神之戰士應有的雄姿，沒有其他可能。

就認同你是個可敬的對手吧，擁有與那個埃里克（註：Eirikr Haraldsson。挪威九世紀時的國王，綽號血斧王。初登場自《Fate/Grand Order》。職位亦為狂戰士）同等的靈魂。

假如自己不是英靈，還是父親的女兒、姊妹之一，肯定會無視聖杯戰爭的局勢，先將狂獸的靈魂引領到應屬的地方。

那是自己這樣的角色所能做的最大讚許。

多半連主人都早已喪命的那頭狂獸，絕對配得上勇士之稱。

從現代魔術師的觀點，那或許還會被歸類為反英雄，不過那跟我無關。再說，我和那頭狂獸……唉，究竟又有多少差別呢？

「應該沒有吧。」

輕聲地，槍兵在無人的公園自問。

沒錯，哪裡會有差別。

雖有適合度之分，一旦以狂戰士位階受召來此，就會被強行植入瘋狂。其他位階也當然都會有強制賦予技能的狀況，然而狂戰士的狂暴技能是最為殘酷的吧。沉眠於東京某處的大聖杯，必將完全奪去狂戰士的理性，而自己完全沒受到聖杯任何強迫就……唉，對——

打從一開始就瘋了。

瘋得徹底。儘管技能上與瘋狂沒有任何關聯，心裡卻有團瘋狂盛燃的熊熊火焰。

「好心人。」

你看，都裂了。

下意識地，言詞溜過舌尖，流出唇縫。

唉，唉，我真的是瘋了。

見到那可悲狂獸的結局，即使身處壓倒性的不利局勢也同樣戰得有如狂風暴雨，若是往昔的我，一定會為那靈魂的尊貴與榮耀激動落淚，為自己又找到一個宿命的勇士而歡喜。生來就該如此的我，現在卻完全是另一個樣。不期盼也不質疑，連一滴該為狂獸淒慘下場哀悼的淚都流不出來。

這副神鐵之甲所包覆的女性乳房最深處，最底部。

我的靈魂、火焰不准我那麼做。在胸口底下燻烤的火焰毫不節制地渴求那份唯一。熱流入侵意識，燒裂我的心，將我腦中浮現的身影鎖定於那唯一。那就是——

使役者位階第一階。

蒼銀騎士（好心人）。

劍兵。

「……你真的，太好心了。」

聲音，染上媚色。

其實我根本不想變成這樣。

我明明知道「那個人」已經不在了。不在這裡，心思卻仍然被他填滿。我不想這樣。儘管完全不願想他，該想的是狂獸的終末……唉，唉，我卻完全無法克制！

不必閉眼，那張側臉就能鮮明地浮現在眼前。

對那狂獸竭力咆哮的敵方使役者，也願意出手相救的騎士。

當然，他不是真的伸出右手。而是將看不見的劍，那個肯定是掩藏了真身的極強力寶具伸向了狂獸。對於一個淪為野獸的反英雄而言，期望死在堂堂正正的對決中的狂獸而言，那是多大的福音啊。無疑是聖徒的慈悲之手吧。

劍的慈悲？

假如我說這世上真有那種東西，偉大的父親會怎麼回答呢？

「這個東京，真的聚集了好多好心人呢。」

呢喃，低語。

槍兵銀髮一搖，轉向背後：

「你也是吧，弓兵？」

紫色的視線。

盡可能，盡可能地摒除殺氣。

以避免胸中之火竄上那一瞥的意外發生。

綻放超常神祕的視線，注視的是一名壯碩的男性。遭聖杯強迫成為超常英靈（使役者）而服侍魔術師主人的七騎之一。鑑於狂獸已在今晚喪命，所以該說是六騎之一吧。他手上看不見原來的武裝——那把鮮紅大弓。

啊啊……果然，果然。

這男子也很善良。大聖杯究竟要捉弄我到什麼時候才甘心呢？

在這胸中沸騰的心，只有一個啊。

非得只能是一個，卻還這樣。

——這麼多強悍又好心的男人，居然像大餐一樣排在我面前。

「慢著，我可不想動手。」

褐色皮膚。那經過長期鍛鍊的肉體一定很堅韌。

惹人喜歡的表情，與沉穩中帶有爽朗的聲音，相信曾讓無數民眾為他醉心，無數姑娘為他傾倒吧。勇士，真是個勇士。應已捨棄在久遠昔日的本能正如此叫喊。這裡……唉，有太多勇士的靈魂了！

「今晚打得夠多了。不好對付的狂戰士已經倒下，如果再想讓一騎英靈退出戰線，對光榮戰死的人來說是一種褻瀆吧。」

弓兵從復原屋旁露出些許身影。

那房子還真怪──現在才在意識一角這麼想的槍兵凝視著弓兵。

距離，相當接近。

但弓兵沒有更加接近的意思。

不隨便接近擅長貼身白刃戰的槍兵，也是理所當然。

但是，這也不是他最佳的戰鬥間距吧。就幾天前偶遇時的觀察來看，這個弓之英靈的攻擊範圍恐怕涵蓋整個東京，甚至更多。雖不知他仍然不明的寶具有何能耐，但若他比乘坐太陽船的騎兵更早一步將東京化為焦土，也沒什麼好奇怪。

然而，他絕不會那麼做──只要自己首戰時的感覺沒錯的話。

「所以呢？」

「我想和妳談談，這件事對妳來說應該也不壞。怎麼樣，想聽嗎？當然，我可不能白白告訴妳，不過現在可以算妳便宜一點。」

「啊……」

我不禁微笑。

他說的話和我想的都一樣。

感受到他不帶一絲殺氣的柔和視線、聲音，真令人——

「你果然也是那樣。」

「啊？」

「沒什麼……」

要忍耐，克制。不可以讓感情爆發出來。

等他說話吧。

不自覺地，槍兵用力再用力地緊握槍型寶具。完全無視業已超過一百公斤的超常重量，輕輕地，在掌中翻弄。

忍耐著胸中熾熱，克制著高昂的情緒，小心不讓火焰外溢。

順著感覺，說出不摻任何虛偽的話：

「這裡有這麼多好心人，真教人不知該如何是好呢。」

關於交涉或合作。

在七人七騎相互廝殺的聖杯戰爭中，各陣營基本上很難建立合作關係。

但凡事都有例外。

如自己以外的兩個以上陣營已發展合作體制的情況。

當某方陣營的英靈（使役者）明顯過強的情況。

在這些情況下，與其他陣營交涉或合作的成功率就會提高很多。

暫時互不侵犯，暫時合作。

若條件談得妥，要建立如此的互利關係也不無可能。

如前所述，這只是暫時的權宜之計。

既然聖杯戰爭最後的勝利者只會有一人一騎，我能在此斷言，不會有任何陣營能維持永久的合作狀態。

因此，務必銘記。

無論是自己還是其他陣營提出協議。

就算願意與他人合作，也要隨時假設對方會背後暗算，小心行事。

被別人從背後捅一刀。

還是捅別人背後一刀。

何者為上，我想不必多言。

（摘自某冊陳舊筆記）

槍兵還記得那黏稠液體滑落咽喉的感覺。

那是五天前，發生於池袋的事。

與ＪＲ池袋站有段距離的超高層大樓底下，首都高速公路旁，在景色開闊得像公園的廣場中，第一次與蒼銀騎士對陣時。雙方出手皆以牽制為主，但無疑是全力以赴。為奪命而揮舞的刃交鋒幾個回合後，槍兵毫不遲疑地執行了主命。

主命，不是父親的諭令。

在這個遠離神代的西元一九九一年的現代，哪裡還聽得見父親的話語？

身為英靈——不，身為使役者的槍兵，就只是遵從主人的要求而已。

因為感受到他就是自己宿命中的對手，深明他擁有贏得聖杯戰爭的實力與精神。

這個英靈的使役者位階恐怕是——

「不愧是第一階的使役者。」

第一階，意即使劍的最優秀英靈。

揮舞隱形之劍的蒼銀騎士。

在從前的生涯中，除「那個人」外，再無他者的可怕剛劍。

而且精確無比。

「想必，是個赫赫有名的勇士。」

槍兵手持巨大長槍如此說道。

見到劍兵將雙手握持的劍藏於背後，採取對付槍的「架勢」時，那毫不猶豫的一舉一動中隱含的意義，甚至使槍兵不禁顫抖。

「妳的巨槍也很了不起啊。第四階的使役者，槍兵。」

「哎呀，被你發現了。」

「因為妳的武器和我不同，好認多了。」

「就是說啊。真可惜，你好像不太想讓我看你的武器呢。」

槍兵淡淡一笑，為對話持續這麼久感到奇怪。

但她沒有時間多想。取而代之的是對方帶來的更甜美的時光。使出渾身解數的激鬥，以爆炸性威力揮掃的劍與槍。藉由膂力與魔力放射的組合連擊，精彩避開槍兵的「手」，或者說「爪」——間歇突襲的五連槍擊。這樣的勇士，就連在維京霸者中也沒有見過。

槍兵的槍擊，甚至曾被比喻為毀滅冰狼（Fenrir）猙獰至極的獠牙。

這不是訓練，而是單純的殺戮，但劍兵卻能時而閃躲，時而抵禦。

以各種方式迴避巨槍的連續攻擊，回頭就是反擊的一劍。

太精彩了。不僅能與人形物體戰鬥，他肯定也十分了解如何對付非人之物。光是想像他走過的是怎樣的路途，是多麼殘酷的戰鬥生活就教人沸騰、激昂；打從心底深深地，深深地亢奮。

僅是忍著不發出聲音都非常吃力。

儘管如此，她仍直接道出心中所想，毫不矯飾地將讚歎送入夜風：

「……真是難纏呢。」

「這不算什麼吧。妳持續那麼單調的攻擊，我當然纏得起。」

「哎呀，又被你發現了。好心人，瞄準我的心臟是因為你慈悲為懷，打算讓我一命嗚呼嗎？」

「不敢當。」

劍兵再度架持看不見的劍。

應該有辦法在彌補槍劍長度差距的同時，縮短間距吧。

他還沒有掀開任何底牌，不過槍兵也一樣。因為光是會舞弄巨大化超重長槍的女人，並不足以成為名留人類史的英靈。

她當然也有藏招。

譬如——

「好心人，好心的使役者，你對我這麼好，我可是會——」

像這樣。

從某個地方，掏出怎麼看都是魔術器物的小瓶子。

「很困擾的。」

靜靜地，將視線投向騎士。

靜靜地，將心念投向騎士。

把充滿小瓶的血紅色液體——靈藥，一口飲盡。

撫過舌頭，流過咽喉，彷彿一路沁入存在於自身中心的火焰。

灌注名為情思的燃料而引發的那感覺，那恍惚，那罪惡感。

使得身為使役者的槍兵，竟像個有血有肉的年輕女孩般悸動。

悸動，顫抖。

自己為何忘得掉——此刻也如此不停沸騰的感覺呢？

接下來這五天，槍兵無時無刻不浸淫在這感覺裡。

我——

奈吉爾．薩瓦德的生命，應該時日無多了。

利用自身起源——「執著」的特性所構築出的獨門魔術和魔術基盤製作靈藥，導出了值得特書的成果。對於專營控制人類感情的靈藥，我也有造出了顛峰產品的自負。我敢肯定，就連在故鄉英國也沒有任何人在操縱、支配人類上的成就能夠超越我。

但是，我也明白自己這門技術的唯一性、獨特性實在太高。在鐘塔裡，有時能視為終極榮譽的「封印指定」處置，相信已經不遠。換句話說，下一代繼承不了我的研究成果。

那也是無可奈何的事。

事實上，我並沒有能繼承我研究的有能子女。況且，只憑我家系血脈中漂流的魔術迴路和魔術刻印，並不足以繼承我所造就的魔術基盤。我，創造了只有我能創造的東西。

不過我仍未放棄。

據說沉睡於遠東都市的大聖杯，在我右眼賜予了三畫令咒。

我不會盡信聖堂教會那些人的說詞，但可以確定的是，我也有了藉願望機抵達根源的可能。在聖杯戰爭這個魔術儀式結束之前，鐘塔也拿我沒轍。

以結果論，雖然不長，但我總歸是獲得了一段時間。

就讓我徹徹底底地利用它吧。

我要在這裡，遠東都市東京完成屬於我自己的研究。

人必將受到感情的支配，因此我的研究所帶來的技術，等於能操縱人的命運。發展到最後，甚至能直接插手人類史的走向，抵達宏大命運漩渦——多數魔術師定義為根源漩渦之物的——盡頭或源頭。

等著瞧吧。

我一定會抵達命運、根源的漩渦。

真是件諷刺至極的事，不是嗎？

沒錯，即使是譽為「心理支配者」的我，也不曾真正認識或理解這份執著以外的感情。我雖比任何人都更懂得自由操縱他人感情，自己卻沒有執著以外的感情，無法體會他人的感覺具體上是怎麼回事，只能一味地不停計算、執著、預測，簡直像個機器。而這樣的我，獲得了前往宏大命運之極的機會。

我沒有一點點喜悅的感覺，不過那應該——

可說是充滿詼諧意識的狀態吧？

「主人，我回來了。」

聲音迴響。

原來如此，在擺設少到幾近無機質的室內說話，聲音似乎就是會這麼迴響。儘管沒有多少實際走進現代建築的經驗，槍兵仍有這樣的感覺。她踏入主人準備的據點之一，東京千代田區JR秋葉原站附近的住商大樓四樓，以解除靈體化而獲得的虛假舌唇發聲說話，並稍作思考。

玲瓏館宅邸，夜晚的公園。

兩者皆堪稱是位於東京城區，但常人所看不見的異界。

而這裡也是。一個不具正常物理法則，不時受魔術或英靈本身存在即構成的超常法則支配的空間。若有普通人不幸擅闖，性命與肉體都必定會當場消滅，而對方就連一點憐憫或感慨都不會有。

「在玲瓏館的戰鬥中，只有一騎使役者退出戰線。」

簡短的報告。

即使同樣內容已透過可以不經聲音隔空對話的魔術呈報過一次，槍兵仍刻意口述：

「在狂戰士消滅的同時，騎兵對我等三騎宣戰。另外，魔法師到最後都沒有現身。」

那並不是術之英靈沒有參戰的意思，正好相反。

結界的存在對狂戰士造成了明顯的阻礙，感覺像在援護騎兵。

「戰鬥結束後，我接受了弓兵暫時合作的提議。」

「是嗎……」

回答的，是性質和這房間近似的聲音。

主人的聲音。

他藏身於以「半廢墟」形容也絕不為過的大樓內，坐在這樓層唯一的家具真皮沙發上，交疊著雙腿深思。槍兵對現代魔術界了解不多，只看得出這名以碳化的古屋碎片為觸媒，成功將槍兵召喚至現代的魔術師應該非常優秀。

支配著這光源微弱，只以油燈照亮的空間。

必須在聖杯戰爭中與槍兵合力作戰的主人。

靜靜地，開口問話了。戴著濃色的遮光眼鏡(Sunglass)。

「槍兵，妳有什麼感覺？」

「……」

沒有回答。

因為無論怎麼說，槍兵也說不出他要的答案。

「我可以用令咒逼妳說。」

唉，如此沒有任何溫度的話語，彷若寒冰的視線。

冰冷慧黠一詞，簡直像是為他而生。

他的坐姿雖然完完全全是個人，槍兵卻無法從哪裡感到任何感情。從劍兵或弓兵這般並非人類的英靈，甚至狂戰士身上都感覺不到的詭異氣息充斥著他的全身。

這男子真的是人類嗎？可以當他是人類嗎？

奈吉爾・薩瓦德。

至少名字和人類沒有不同。

他是英國魔術組織鐘塔的魔術師。

在鐘塔的位階是典位（Pride），聖杯戰爭中的主人階級是第二級。

「好的，請主人自便。」

「開玩笑的。」

「……好的。」

聽起來不像玩笑。

據說他已經三十來歲，但一時間難以置信。

在槍兵的感覺中，這樣的冰冷和人類特有的熱情相差甚鉅。

假如魔術師在追求真理的途中會逐漸失去人性，那麼他算是魔術師的典範嗎？事實上，他也的確是個居於天才領域的超一流魔術師。

據說他主修的是鍊金術。

不過，他更以現有魔術系統中的鍊金術為基礎，利用來自自身起源的特性而成立了獨門魔術——魔術基盤。藉此調配出的靈藥，甚至能對非人之身，由乙太構成的槍兵產生效用。

這樣的技術，真的能以籠統的鍊金術來概括嗎？

同樣能使用魔術，但系統完全不同的槍兵受到召喚至今這麼多天，仍然無從判斷。

無論交談多少次，經過多少時間——

還是不懂。

因為他已經不是人了嗎？

抑或是，出身特殊的槍兵對人類的了解不夠深呢？

——不對，不對。過去的我所接觸過的每個人，都有著真確的感情。

所以，「那個人」才會遭遇悲慘的結局。

甚至槍兵自己也是。

「我就直接問了。靈藥有發揮應有的效果嗎？」

主人再度質問。

在槍兵的意識飛向想忘也忘不了，火一般的生前往事時，話語是刻意算準似的刺得不偏不倚，就像在說沒有他允許，不准任意回顧自己的感覺——這應該是錯覺吧？

「有。」槍兵輕輕點頭。

「那就好。這樣子，妳的寶具就能發揮最高限度的效果。」

「是。」槍兵閉眼頷首。

「很好。」

主人看也不看她一眼地點點頭。

槍兵也多少明白，他說的話大半是自言自語。

「假如傳說中的器物會成為寶具，那我的靈藥也直逼寶具了吧。」

「……是的。」

憑人類的力量，造不出真正的寶具。

可若說「直逼」，倒也沒有否定的必要。

事實上，槍兵現在的精神受到了巨大的壓迫。

光是稍稍回想池袋那一夜，只有交鋒與交談的劍兵側臉，她的瘋狂就會加速到魔力放射的火焰恐怕要燒掉整棟住商大樓的地步。第一天還不至於，可是第二，第三天，思念和火焰與日俱增，完全無法控制。

壓迫。

扭曲。

火焰無止境地升溫。

再繼續下去，這胸中的滾滾火焰勢必要超越如日中天的烈陽，而這並非比喻。

——唉，看啊。我現在也是那麼無措，裂痕越來越大。

「……主人，請給我下一個命令。」

「我沒什麼好命令的了。妳在那天，那一夜，已經在妳認定的最強英靈面前喝了靈藥。既然那是妳的判斷，劍兵無疑有能力戰到最後，成為最後一騎。」

不給我……命令？

那我就只能等著自己由內崩潰嗎？

槍兵再度睜眼，查看那穿過遮光眼鏡直刺而來的冰寒視線。

「在那之前，妳就盡量培養妳的感情吧。」

「是。」

——唉……唉，人類啊，冠上魔術師之名的人類亞種啊。

我就照你的話去做吧。

為此而受召現世的我，也只有這種用途而已。

像個機械，如同人偶，忍受著胸中火焰。

我就什麼也不多想，在這陰暗的房間裡，暫且答應你的要求吧。

關於使用令咒。

所謂令咒，即是聖杯給予魔術師（主人）的絕對命令權，共有三劃。

蘊含絕大魔力，作用無關使役者能力——

甚至能達成空間跳躍等近似魔法的行為。

本項說明，僅限於令咒的使用法。

關於大聖杯與令咒的關係與機能性，請參考他頁。

令咒的使用法大致可分為兩類。

第一是絕對命令。
甚至能強迫擁有個人思想的使役者執行其認為是禁忌的行為。
譬如，可強迫視殺人為禁忌的英靈殺人。

第二是強化能力。
效果雖為暫時，但能極大幅度提昇使役者的能力。
甚至可能一舉消滅憑原來屬性打不倒的對象。

後者的使用時機，單純是戰術考量。
而前者有無必要，則得視戰略觀點而定。

譬如，在英靈與魔術師的行為準則大相歧異的情況。

便十二分地可能不得不藉令咒強迫其行動。

但如前所述，強迫行動很容易造成雙方關係惡化。

以下建議並不鼓勵使用，僅供參考——

與其冒關鍵局面使用令咒而造成關係惡化的風險，不如在聖杯戰爭序盤或召喚時就耗用一劃決定整體行為準則，也不失為一種辦法。

尤其是主從個性明顯不合的情況。

此種作法，與前述要點之構築良好關係完全是不同方向。

而且，所需令咒劃數將隨主從不合、乖離的程度而變。

因此再次強調，此作法並不鼓勵使用。

（摘自某冊陳舊筆記）

——狂獸於玲瓏館退出戰線的兩天後——

槍兵長長的絹髮隨風飄搖。

在瀰漫獨特臭氣的地方。

成群摩天大樓拉出的雄偉陰影，宛如天上宮闕。

現代人生活在久遠神代走到最後而誕生的消費文明中，帶來的便是如此海洋、大氣的汙染。假如那無所不知，英明睿智的偉大父親知道這就是人類的未來，究竟會怎麼說呢？

然而這疑問，在哪裡都找不到解答。

身上已不是天鵝般的禮裝，全以古老符文替代的槍兵，不可能聽見父親的聲音。因此，她只是聽著海浪來去的聲響。

大洋的一部分在水泥製的大地撞碎的聲音。

東京灣上神殿決戰當天。

能在海平線望見那莊嚴巨大複合神殿的東京臨海地區（Water Front）。

槍瀨佇立海濱，舉目凝視。

綿延十數公里，聳立於東京灣的神殿群，彷彿悠遠尊貴的異邦（埃及）諸神之威光化為了實體。

槍兵也見過偉大父親等眾多神祇的祭壇，但這景象仍異質無比。複數超巨大建築複雜交錯的模樣，實在一言難盡。或許會有人認為是瀆神吧，槍兵甚至在那其中依稀見到不可撼動的光輝。那麼這樣的形態，會是常人難以理解的騎兵——奧茲曼迪亞斯的驕傲，與其對諸神的觀念所構成的嗎？

槍兵凝視視野中心的金字塔形主神殿，瞇起雙眼。

即使無法直接看見，遠超乎她原有的感應範圍。

她也知道，無奈地知道，他絕對就在那裡。

令她胸中激奮、沸騰、熾熱燃燒的人——

「…………」

出不了聲，說不了話。

虛假的名字，只是在槍兵舌上空打轉。

劍兵。使役者位階第一階。

在這聖杯戰爭中，第一次見到就認定其身分的人物。

他肯定已經先所有人一步，踏上那全是固有結界的神殿體。

「妳看到那個了嗎？」

身旁傳來聲音。

來自解除靈體化而現出實體的弓兵。

槍兵雖有戒心，但不帶殺意，單手提著的五百公斤巨槍尖頭也沒指向他。在主人奈吉爾的允許下，槍兵答應弓之英靈提出的協議，暫時合作，以打倒過強的奧茲曼迪亞斯。

「騎兵那傢伙，轟掉了幾艘橫須賀那邊的軍艦啊。」

腰掛繫船索的弓兵也望著同一方向。

他的視覺似乎擁有遠超過一般英靈的能力。先前的劇烈發光、魔力光放射，應是對城寶具在真名解放後造成的某種攻擊行為，但槍兵從沒想過目標會是現代的人類軍隊。

不禁啞口無言。

為那暴力威光的無情，行事的果決。

必須隱匿神祕是聖杯戰爭的大前提，卻被他如此輕易就——

「他應該有他的理由吧。那個偉大的太陽王雖然對納爾納人很苛刻，但也不至於以屠殺他們為樂。再怎麼樣，他也不會一時興起就信口說出燒燬東京這種狂言。」

「你真了解他。」

「我和他是同一個世代的人嘛。」

弓兵不假掩飾地說。

極其自然的口吻，使槍兵不禁一陣激動。

有種酥麻的感覺竄過背脊。不是面對強大自信而造成的寒顫或戰慄，而是種恍惚、愉悅。只是暫時合作的對手，在決戰之際毫不忌諱地說出自己真名的線索，讓槍兵確信他是個不折不扣的勇士，造成了身屬幽暗冥界的她的快感。

「後來，劍兵好像就跑到那裡去了。怎麼會直接往死地裡闖呢？」

「是啊。」

「如果目的真的是贏得聖杯戰爭，我們應該等劍兵和騎兵兩大英靈打累了，再過去一網打盡吧？」

「是啊。」

——可是，你不會那麼做吧？

槍兵忍下了幾乎脫口而出的問題。

不說出口，是因為沒必要。畢竟會在這裡面對東京灣上的神殿，只為聖杯戰爭奔向神殿體的人，除了他們以外也不會有別人了。魔法師和刺客根本不會到那裡去。

那是敵陣，死地。

就某方面而言，會刻意直闖的人，簡直愚蠢至極。

「……你知道他（劍兵）為什麼要隻身赴會嗎？」

「知道。真是教人頭痛呢。」

槍兵短暫頷首。

對於自己這七天來朝思暮想的對手，她瞭若指掌。

或許那全是妄想，不過槍兵不那麼認為，且是全心全意地相信。

因為——

「他想拯救這東京的無辜百姓，無關聖杯。

他就是那種人……」

拯救東京。

沒錯，那也是經過深思熟慮的行動吧。

這弓兵也是同一種人。兩天前喪命的狂獸，好像也有個說過那種話的主人。人們如何，東京如何什麼的。雖然當時槍兵沒有深刻感到勇士靈魂的存在，只當他是個被捲入殘酷的聖杯戰爭，滿嘴童言童語的孩子。

這城市原來聚集了那麼多有志之士啊。

啊啊，唉……不對！

這之中有個根本性的重大錯誤！

對了，說不定這才是聖杯戰爭。感到這場使得從前拯救人命的英靈們，在這魔術儀式中為私慾互相廝殺，簡直如同從光輝殿堂墮落的靈魂般卑賤至極後，直到這一刻，她都是淡然地如此相信。可是——

——不對，不對，一定不是那樣。

怎麼會卑賤？

這正是人們口中的尊貴或榮耀吧。

——墮落的，只有我一個才對。

不被世界認為是反英雄，也完全稱不上為人民犧牲奉獻的勇士的這麼一個我。而他們是什麼樣子呢？明知不可能也絕不放棄，為達成某個目標而奮戰到底的一騎與一人；甘冒揭露部分底牌的風險也要求合作的一騎；以及單槍匹馬，挑戰神殿體那可怕要塞的蒼銀騎士！

「啊啊……」

以救人為己任的英靈們。

無數人民所企盼的榮耀與正直。

那不正是自己從前不斷追求的光輝，勇士的靈魂嗎？

啊啊，那是何其美麗，又何其虛幻——

「英雄，為什麼都這麼令人憐愛呢……」

Dear My Hero ACT-3

自己的主人(Master)在想些什麼？

對於擁有優秀「眼睛」的弓兵而言，是如字面般一目了然的事。

他的眼，能看清向遠方射出的箭矢落於何處。

他的眼，能看遍敵我雙方的萬軍陣容。

原野、山林、野獸等地面上的一切，全都能瞬時映現於弓兵的黑色瞳眸中。

不僅是物質，也包括精神。

還不是英靈，仍是個活生生的人類時，屠龍英雄的直系子孫馬努切赫爾大王曾對他這麼說——你的肉體是從神代跨越時空來到當今的恩惠，無可取代的至寶，所以你的眼睛也具有超乎常人的力量。

弓兵還記得自己的回答非常直接——原來如此。

在接受偉大君王的讚美，應表示惶恐的時候率直點頭，做出無禮的答覆。

那一刻對弓兵而言簡直是畢生之恥，但大王卻心胸寬大地原諒了他。可能是因為在古代，伴隨驚人力量降世的人也非常稀少，而當時更是除大王外，別無他者。

換言之，大王是將他當成了某種朋友或同類吧。

弓兵稍微懷想既是是賢君也是武士的大王，看向將他以英靈身分召喚來西元一九九一年的主人。

魔術師，曾育有一子的女子：艾爾莎。

弓兵在她的根據地——東京千代田區御茶水山區的某飯店，綠意含蓄的附庭院四〇三號套房解除靈體化，以乙太構成的肉體坐上沙發，將同樣坐在對面沙發沉思的艾爾莎定於視野中央。

看得見她的人——真是個好女人。尤其是她的笑容。

看得見她的心——真是個好女人。她想對聖杯許的願，絕不是膚淺的私慾。

艾爾莎．西条的一切，都逃不過弓兵的眼睛。

但他絕不會說出口。

他也曉得從某個角度看，自己的視線甚至比強行扒光她，注視她的裸體還要無禮。所以他盡量克制，不去窺探她的心。

對於自己該以禮相待的人，更是如此。

「……弓兵。」

呢喃聲傳來。

成為他這第二主人的女子，聲音與大王那第一主人相差甚遠。

要求艾爾莎擁有司掌戰鬥、裁定、治國、君臨天下的王者風範是太過分，而弓兵當然也不會那麼做。一旦透過召喚儀式相會並認定她為主人，認同她的願望和意念、決定並肩作戰，接下來就只需陪伴她走下去而已，沒有任何遲疑。

沒錯。

弓兵心中沒有半分遲疑。

「怎麼了，主人，妳的聲音從來沒這麼沒精神？」

「是嗎……」

「是啊。」

弓兵帶著比不上滿面笑容的柔和微笑，對她點頭。

把握著接下來所有對話的脈絡，並小心地不讓她發現。

「如果有心事，隨時可以和我談談。我不只是妳的使役者，也對妳這個人很感興趣，有什麼我能幫得上忙的就儘管說吧。」

「真的？」翠綠瞳眸看的不是弓兵。艾爾莎的視線在地板上蹓躂。

「我是很少說謊的人喔。」

「很少是吧？」

艾爾莎淺淺一笑。哎呀，就這樣而已。

雖然一如預料，但難免令人有些沮喪。這也是沒辦法的事。

如果可以，希望她能永保笑容。弓兵心中一角微微興起這樣的想法。不僅是艾爾莎，倘若所有辟惡揚善的人和生命都能享有幸福安寧的生活，不知會是多麼美好的事。

儘管世界絕不會讓那種事發生。

「這國家不是有句諺語叫君子言出必行嗎？我也想當個君子嘛。不過呢，畢竟我不是全能，有時候結果就是變成我說謊了。」

「是喔，所以才說『很少』說謊？」

「就是這樣。」

再度點頭。

對話也在此暫停。

艾爾莎現在的氛圍，和五天前意外被應是狂戰士主人的少年用魔眼束縛，聽他說了些話之後很像。雖然已經比三天前接觸劍兵的主人那時好上一些就是了。

默默地，弓兵注視她的側臉。

真是張少女氣息濃厚，實在看不出曾為人母的臉

而其中，有著鮮明的陰影。

（……在奧多摩那時候，妳有一部分崩潰了，好像被什麼附身了一樣。）
不需專注也看得出來。
在西条・艾爾莎這名魔術師的某一部分出現了致命缺口的那天，那一刻。
當她呆立著沉默不語，就只是嗚咽啜泣，弓兵摟起她瘦小肩膀的那一刻。
他沒問發生了什麼事。
這三天來都沒問。
弓兵認為那不是他該過問的事，也不該涉入。她必須自己走出來，儘管那會是左右聖杯戰爭的關鍵——
（妳自己決定吧，艾爾莎。
妳還有日子要過。這場戰爭後，妳的人生還會繼續下去吧。）
即使她的決心，將決定自己這英靈的末路。
也不勸告。
也不誘導。
就只是等待，作為一名出現在現代的過客。
直到活在這個時代的人類真正決定自己的去路，無論是等十分鐘或一小時都無所謂。
一秒即逝。兩秒，三秒。

「救救東京吧。」

就在十秒後。

艾爾莎略垂著眼，但仍然注視著弓兵那麼說。

視線交錯，經過半次呼吸的沉默。

啊啊，真是令人滿足的答覆。至少那是她自己下的決定。就算受到等同世界本身的力量插手阻礙，那也是多年來無時無刻都覺得世界可能在五分鐘後化為地獄的西条・艾爾莎，灌注了感情與意識得到的答覆。這麼一來，就算那是受惡魔(Druj)鼓吹而說出的話，弓兵也願意全心支持。

至於她的答覆本身。

弓兵也不可能遺忘。

「那是那小子的話吧，艾爾莎？」

「……對，沒錯。那個男生叫作巽，曾經是狂戰士的主人。」

用「曾經」形容的，是應已從聖杯戰爭落敗，住在這東京的少年。

五天前，艾爾莎在秋葉原遇上這名少年時，他說了些話。

他想拯救東京。

阻止聖杯戰爭。

「那孩子……說他想拯救這個城市，想救每一個人。你相信嗎？他明知我是魔術師，明知我參加了聖杯戰爭，他還那樣說。因為這裡有他的朋友，有他喜歡的女生……所以無論如何都要阻止聖杯戰爭。」

「是喔。」

「你不覺得好笑嗎？」

「怎麼會呢？英雄就是該說那種話啊。」

這次，弓兵露出滿面笑容。

太好了。假如她真是忍受著層級與一般魔術完全不同的精神侵蝕，抵抗著將亡子與那名少女混淆的腦功能異常——處在人格從最深處遭到千刀萬剮的痛苦中也依然不哀號不求救，一個嗚咽就挺過去，憑自己的力量得出那個答覆——

那麼她的確夠格作我這弓兵的第二主人，值得驕傲。

我願讚頌妳，為妳喝采。

進而為妳拉弓。

為妳一個，為你們所有！

我現在就趕往現界的最強敵人騎兵，這位高呼其名並同時向五騎英靈宣戰，古埃及史上赫赫有名的光輝神王奧茲曼迪亞斯所坐鎮的大神殿。討伐這位因不明理由，便揚言將遠東最大都市連同逾一千萬居民燒成焦土的法老，一箭射穿他的心！

沒錯。

救人者才是英雄。

「弓兵，我──」

「別說了。妳這樣決定，我也答應了。這種事就是……那個，這樣就行了。」

──這是距今約半天前，東京灣決戰當天早晨的對話。

完全是九死一生的困境。

即使與劍兵聯手，劣勢仍舊如此巨大。

時為一九九一年二月某日，深夜。

東京灣上決戰──

弓兵、槍兵與劍兵，合稱「三騎士」的使役者們應邀入侵了敵陣、死地——騎兵在彷彿吸入無星夜空的漆黑海面上布展的大寶具，無雙固有結界「光輝大複合神殿(Ramesseum Tentyris)」之大迴廊中。不必多說，不必多想，三人都知道在那強力的結界內，任何事象都對騎兵有利。

但實情根本是被玩弄於股掌之間。

說甕中之鱉，或許更加正確。

將神王(Pharaoh)心象化為實體的固有結界，簡直是神代再臨。成群襲來的人面獅身獸(Sphinx)全都具有不死與無限再生的能力，而大神殿的主人——騎兵奧茲曼迪亞斯也是如此！

不死，不倒。

在千里眼技能自動運作而精確鎖定敵方位置後，並於劍兵解放風之魔力(Invisible Air)的推助下，弓兵擊發的數十枝必殺必倒之箭貫穿神殿內壁，直達一公里外的主神殿。箭群就這麼一舉摧毀由足以無傷抵擋普通對軍級寶具的西臺神鐵所包覆的主神殿外壁，直接不偏不倚地飛向在寶座上堂皇等待的騎兵，刺穿他的心臟，然而——

神王不死。

傷口瞬時癒合。

彷彿烙在膠卷上的影像倒轉了一樣。

「哈哈哈哈哈哈哈哈哈哈哈哈哈哈哈哈哈哈哈哈！無效！無益！無謀！無能！余乃不死之身，休想在余身上留下半點傷痕！啊啊——親身體驗自己的無力吧！」

弓兵看得清清楚楚。

千里眼說明了這裡的一切。

使坐鎮於主神殿哈哈大笑的神王無敵，無限再生的寶具之絕對力量

那是古代諸神給予的護祐，還是傳說一出生就受眾神扶持的奧茲曼迪亞斯這法老本身的力量呢？這就是永遠統治大地，使亦王亦神，亦神亦王的自己昇華為新信仰的大英雄真正的模樣嗎？弓兵見過的王雖不多，但也看得出騎兵的威勢與其他的王截然不同。

是個堪稱強大、無敵的對手。但是——

弓兵不會屈服。

要放棄還嫌太早。

若有人能目睹這場戰鬥，十之八九都會認為入侵大神殿的三騎英靈遲早會喪命吧。弓兵也深深認為自己身處劣勢、危機之中。

槍女（槍兵）起初雖然態度合作，但在獅身獸們完成第三輪完全再生後，不知呢喃了些什麼就失去蹤影，生死不明。共有七頭神獸依然不停襲來，逼得弓與劍二騎進行無止境的迎擊。先前狙擊騎兵便是為了打破這個僵局，但最後仍是徒勞無功。

若是兩國爭戰時發生這種情形，弓兵早就請命大王撤退了。

然而——

現在不太一樣。

這裡沒有士兵或民眾需要保護。

存在的，只有和除了王之外就沒有第二個人的自己，及力拔山河的那位——英雄！

「劍兵！」

弓兵以間髮之差避開宿含魔力而熾熱的獅身獸鉤爪，同時射出五十枝箭，消滅另一頭吐出的火焰風暴，對劍之英靈大喊。出聲的下個瞬間，弓兵的身影已登上大迴廊頂部，距離石造地面約十公尺高度的位置。

「還沒嗎？」於頂部落足時又問一聲。

「再幾分鐘！」劍兵以解開風鞘封印的黃金之劍斬殺神獸，抽空回答。

「……這種要求一樣很過分耶。」

按常理論，英靈在世間沒有任何敵手。

有神話重現之稱的使役者凌駕萬物，就算面對強力現代兵器也能進行單方面的殺戮。可是這群神獸每一頭都是身懷幾能匹敵英靈的神祕與幻想，瘋狂咆哮的王權執行者，象徵火與風暴的破壞之子。對上這群人面獅身獸，情況就不同了。哪怕只有零點一秒的疏忽，牠們的爪牙就能將伴隨乙太肉體現界的英靈靈核一舉撕裂。

而這場神殿上的戰鬥，已持續了三十分鐘以上。

他們對神獸們的迴避、攻擊都是全力以赴，沒有半分保留。無論英靈自身的魔力如何強大，左右其持續力與活動的，無非是魔術師主人的魔力，也就是人類的魔術迴路。

究竟還能撐多久呢？

艾爾莎恐怕正因魔力劇烈消耗而急喘不已吧。

此外，充斥大神殿的神威——與古埃及神靈齊名的恐怖詛咒僅是存在於此，就侵蝕著弓兵與劍兵的四肢。能在兩秒內殺死任何普通生物的各種毒素挖攪著他們的肺腑，能力表上所有屬性都不例外地降了級，甚至某些技能也隨之弱化。

（我還是第一次中毒到指尖發麻呢。）

如傳說所述，弓兵擁有能抵抗任何疾病或毒素的肉體。

但他的嘴角仍掛著一條血痕，肺像火燒。黃金劍不再有風之魔力纏繞的劍兵，大概也好不到哪裡去，能明顯看出他每種動作都慢了一截。

「不過，既然沒別的選擇，也只能硬上了。」

弓兵簡短回答。

戰鬥繼續。現況不允許拉開距離再行狙擊，完全是超近距離的混戰。

他躲過神獸爪牙並跳上獅子般的身軀，右手毫不猶豫地抓起以魔力精製的箭矢，然後往底下那張巨大的臉猛刺，搗眼穿腦，瞬時破壞其靈核。如此打倒的神獸已不知有幾十頭。

接著襲來的兩頭交給劍兵，對更在其後的三頭放箭。

對方的任何一擊都會成為致命傷，因此只能格擋、閃避或在攻擊觸及之前將其消滅。雖然兩人戰到現在為止，外觀上毫髮無傷，體內的消耗當然非常巨大。

（能多撐幾分鐘就算奇蹟了吧。）

即使如此暗發牢騷——

損耗著有限的魔力。

倚賴著無限的鬥志。

這當下，弓兵與劍兵仍在這不許奇蹟發生的大神殿中創造了奇蹟。

——撐過一八十秒的死鬥。

——精準鑽過數千道死線。

「請在兩秒後使用那個喔。」

有女人的聲音。

劍兵頷首與第一次衝擊，幾乎是同時發生。

響徹整座大神殿的轟聲後，緊接著是恍如大地震的震動，使得聳立於神殿大迴廊的巨柱起了些許裂痕，神獸因此顯得退縮。弓兵直覺性地明白，自己這雙眼睛所預視的絕佳機會已突然造訪。

他知道，那一擊是來自潛行的槍兵那把槍型寶具。

他知道，那一擊稍微阻礙了有如古神威能的詛咒。

巨響後的一秒，兩秒。

劍兵將一顆寶石——最高純度的「賢者之石」砸進了地面。

這不是事先說明過的行動，劍兵一個字也沒提過。但弓兵明白，那從未見過，從沒有任何人告訴過他的那顆璀璨寶石具有如何的絕大威力——將大神殿所具神威中，最棘手的「封印寶具」轉瞬間中和的能力！甚至能破除眾神詛咒，鍊金術這門魔術的終極奧義！

（……好。）

此刻，正是宿命之時。

身旁，劍兵直伸雙臂，高舉那金光閃耀的劍。

光點開始向其周圍徐徐凝聚。

好美的景象。不知是因為甚絕的魔力量還是劍本身的榮光，那群窮凶惡極的暴虐化身全畏縮得不敢動彈。若非狀況不允許，弓兵也很想抱著欣賞的心情看到最後。

好了，這邊也開始吧。該是灌注五體所有剩餘力氣的時候了。

竭盡所能，不留遺憾。

賞他轟轟烈烈的全力一箭吧。

——於是弓兵盡可能，盡全力地將鮮紅大弓拉到了最底。

同一時刻。

悠然坐鎮於主神殿的神王奧茲曼迪亞斯舉起他的右手。

他對這大神殿內部究竟發生了什麼，入侵者們在盤算些什麼全都了然於胸，也明瞭這瞬間該如何對處。冷靜地，淡然地，神王感覺到戰鬥的結局即將來臨。

應邀登上這光輝大神殿的劍兵、弓兵、槍兵。

三騎再怎麼勇猛果敢，也只能到這一步了。

看來，槍兵的寶具原本是某個神靈的所有物，或她本身就屬於強力神靈，總之不受封印寶具的影響。是她以全力一擊撼動了大神殿，再加上術之英靈（魔法師）破壞協定的狡猾伎倆，使得劍與弓之寶具暫時掙脫了詛咒的束縛。

「儘管只有短短幾秒，也確實打破了余之神威。」

嘴角稍微歪曲。

由於笑意。

那是讚許強者的表情，也是確信勝利的表情。

更是手握絕對力量的王者才會有的表情。

「當代的聖劍士，以及高名遠播的帕爾斯（註：Parsi。意即波斯）弓兵啊，這真是一場漂亮的叛亂。那麼，余這萬王之王自當全力應戰！」

若是在統治上下埃及的過去，以充滿生命力的肉體君臨於世的時候，他或許會選擇大力讚揚這幾位勇士，納為自軍將領吧。神王心寬如海，甚至能饒恕向神揮刀的戰士。

然而，現在不行。

因為他是受聖杯戰爭這魔術儀式召喚而來的英靈？

不，絕非如此。

再度降臨世間的法老，只是為救世而選擇該做的事。縱要犧牲超過一千萬條無辜百姓的性命，也非得誅殺那企圖手搖大聖杯，吞食世界的女神（Potnia Theron）不可。任何人膽敢阻攔，一律格殺勿論，令其完全蒸散。

即使潛藏於奧多摩的主人似乎已經喪命，伊勢三一族在東京各地的設施所供應的魔力仍有些許殘存。神王雖不太願意仰賴皇帝特權技能，但若併用剩餘魔力與技能一舉消滅殿中三騎，將東京燒成灰燼，應仍有足夠時間搶下聖杯。

「……阿蒙之愛（Merry Amun）啊。」

判罪宣言。

揮下右手之餘，簡短低語。

不是解放寶具的真名。

那是在召喚這大神殿，神王心象之園時就做過的事。

因此，這只是判罪。

搭載於主神殿，彰顯其超絕神威的「丹德拉大電球」——再度放射消滅橫須賀外海美軍太平洋艦隊的數艘神盾級艦艇時同樣的光輝，來自天頂的熾熱，人類無法抗拒的太陽之怒。

交摻統治者的判罪之雷。

不具慈悲，但伴著慈愛。

要將向神反叛的愚蠢英靈燒得片甲不留。

『弓兵……拜託……！』

這不是錯覺。

艾爾莎的祈願，清楚地傳入了弓兵心裡。

來自遠方的東京某處。藉由專屬於契定主從之間，無聲之聲的對話。

剎那間，弓兵僅存的魔力爆炸性地膨脹。那是一次使用三劃令咒的結果。令咒，大聖杯賜予主人的契約之証，對使役者的絕對命令權。遠超乎魔術師可能儲藏量的魔力結晶，有時會是極為強大的武器。

譬如此時此刻。

要求他解放寶具真名的絕對命令。

遵從命令使用寶具，應將發揮比原本更強大的威力。

「我太陽般的至聖之主啊。」

弓兵在弓弦拉至超越極限的狀態下，感受著充斥全身的魔力說道。

自然地，雙脣織出話語。這是他第二次說這些話。第一次，是在崇高夢幻的神代告終，進入人世的波斯（帕爾斯）土地上。以弓兵之身服侍屠龍勇者的直系子孫，偉大君王馬努切赫爾時，於其人生最後一刻所說的懇願之詞。

「集世間睿智、尊嚴、權力於一身的光輝之主啊……」

回想起來，沒錯。

真是有如為這最後一刻而活的人生。

擁有恐怕不應存在於人世，堪稱神代遺願的無比力量。而獲得非凡人生的我，註定成為一個最強的英雄。

以英雄之名迎戰許多人，殺了許多人。

在大王令下，為終結波斯與圖蘭長達六十年的戰爭而不停射箭。

「見證我的心意，我的意志，與我的成就吧。」

最後，那一刻終於到來。

浴血之戰休止之時，兩國人民盼望的瞬間。

圖蘭將軍阿夫拉夏卜包圍了馬努切赫爾王的軍隊，提議重定兩國界線式結束戰爭，於是大王答應了。而這個劃定國界的重責大任就是由我擔綱。

我當然不可能遺忘那一刻。

懇願後的那一箭，灌注了我的全心全意。

疲於過於漫長爭戰的百姓與戰士，及其妻兒、父母、朋友，無論屬國的所有人希冀和平的心念都寄託在那一箭上。而我，肯定是達成了使命。

『阿拉什！』

「沒問題。」

啊啊，艾爾莎正在哭吧。

不需使用喉舌的無聲之聲，抖得好厲害。

說不定，這是她第一次用真名稱呼我呢。

（別哭，別難過，妳沒有錯。）

我以未用於通訊的意識默想，更用力地拉弓。劍兵已作好真名解放的準備，聚至極限的魔力與其周圍的光點同樣浩瀚無比，而中央閃耀的黃金之劍——至少具有對城寶具的威力。

但那還不夠，遠遠不夠。

奧茲曼迪亞斯從主神殿發射的中天砲火是如此強烈，彷彿與己方寶具同時解放的烈陽熾熱相當。若全力放射，熱量恐怕足以將東京全域化為焦土。無論那是不是能影響外界的固有結界這異常狀況所導致，總歸是具有超乎常規的威力！

所以我才會在這裡。

雙眼能窺知超規神王力量的——我。

手中寶具足以對抗其力量的——我。

假如那黃金聖劍能發揮它真正的力量，或許狀況就不同了。不，若在萬全狀態下，恐怕沒有它斬不了的對手。但不能在這時候使用，便與不能無異，不可完全倚賴。

那麼，沒錯，還是和過去一樣，自己必須捨身取義。

「看啊，星月的創造者。

見證我的義舉，我的最後，我神聖的獻身（Spenta Armaiti）吧。」

祈禱中，弓兵用盡最後力氣，拉滿獻給眾神的大弓。

射出蘆草之箭。

欲結束悲苦爭戰的救世一箭。

「——流星（Stella）一條！」

那是經過數千年的久遠時光，也依然深烙在西亞人民記憶中的絕技。

任何凡人都不可能辦到，唯有神代遺緒之身才能造就的祈願結晶。巧的是，那分斷大地的一道星光與幾乎在這同時，現於埃及的聖人（摩西）為率領納爾納人至應許之地所創造的奇蹟相當類似。

聖人的奇蹟是分開大海，而弓兵的終身宏願則是劃破了大地。

長達二千五百公里的最大射程攻擊。

從前在德馬峰（Damavand）向東射出的那一箭，抵達了遙遠彼方的奧克薩斯河（Oxus）。由此箭劃分的大地便成為國界，維持了兩千數百年之久。

那分斷大地，終結兩國戰爭——

為長久和平定下新國界的超常絕技。

如今，此時此地，就要在這光輝大神殿再臨人間。為這神話、傳說、傳奇之戰拉下終幕。

與聖劍之輝重合、交融，化為斑斕的流星。

如前所述，寶具具有絕大的力量。

等同英靈傳說再現的寶具所蘊含的神祕極為龐大。

一旦解放其真名，攻擊型寶具將發揮確實破壞對手的威力。

若有迴避或防禦的手段，自然不在此限——

但寶具仍無疑是英靈的殺手鐧。
不一定只是破壞力龐大，大多情況則是擁有其他形式的必殺力量。

例如非攻擊型的寶具，也能大幅影響戰局走勢。
因此要記住，一般的迴避或防禦不太可能奏效。
當作寶具只能以寶具對付也絕不為過。

當然，寶具不一定防得了寶具。
寶具的可能性是千變萬化。
不僅具有破壞力，有些寶具還能掌控智慧生命體的精神。

若只論破壞力——

則不能不提毀幻（Broken Fantasim）的情況。

這是寶具最特殊的用法。

使其蘊含的魔力完全爆發，在使用後崩潰，發揮壓倒性的威力。

當然，爆散的寶具無法重生。

由於是只有一次機會，堪稱是殺手鐧中的殺手鐧，並不鼓勵使用。

失去寶具，將直接影響聖杯戰爭的勝敗。

（摘自某冊陳舊筆記）

到處充滿了光。

在統馭大神殿這空前寶具的主神殿內。

光輝漫布，充斥於這空間的各個角落。宛如黑暗無聲無息地填滿整個夜晚等天地之間的自然法則，流溢再流溢地毫不停歇，吞噬所有一切。

那本該是帶來破壞的絕對魔力。

從神鐵外壁已完全融解，寶座盡碎，大電球逐漸崩解便可證明。

但感覺並不灼熱。

神王奧茲曼迪亞斯將其視為「光輝」。

他從沒想像過大電球所投射、聚焦於神殿這固有結界才能達成的最高熱量，應相當於太陽閃焰的熾熱，居然會被兩騎使役者同時解放的寶具消滅。但覺得不可能發生這種事的想法，隨即被兩具寶具帶來的光輝打散，奪去目光。

沒有驚愕。

沒有焦躁。

只為那眩目光輝瞇起眼，開脣低語：「原來是這麼回事。」

法老在遙遠過去已經見識過。

那是太陽熱力，諸神天威，神王心象的具現都無法企及的光輝。

「嗚呼。」

有歡喜。

「余見過那麼一次。」

有憧憬。

「和這一擊同樣眩目的光。」

有憤怒。

「就在余的好朋友、好兄弟背余而去的那一天。」

有哀愁。

「那劃開蘆海的光，肯定就是天上的星光。」

聲音裡混雜著多種情緒。

神王懷想著過去與他一同成長，一同歡笑的摯友身影。

割袍斷義，矛頭相對的敵人身影。

在脣裡默唸那後世稱作聖人，曾為摯友的敵人之名。

「那麼，余懂了。那麼，你們一定是要在這現代——代替余拯救世界的人吧！」

眺望天邊吧。

正因為希望璀璨奪目，人們才會時而稱之為奇跡。

主神殿——崩毀。

冠光輝之名的巨大結構體，因光與熱由內潰散。

全長達兩公里的凶殘固有結界，霎時消滅——

「好壯觀喔。刺客，妳快看！」

「是。」

「啊啊，他的劍劃開了黑夜……！」

嬌花翩翩旋舞。

陶醉地注視那衝上天際的光柱。

「呵呵，原來那是那麼美麗，那麼燦爛的光啊。雖然稍微摻了一點其他東西，但那無疑是聖劍的光吧。」

沙条愛歌。在夜空下歡愉地高聲讚歎的少女。

殲滅奧多摩山區中的伊勢三一族後，她已來到能夠觀望東京灣決戰的東京臨海地區。在電話亭邊，踏著有如妖精於花田中起舞的輕巧步伐，接近海邊。

「他應該是順利揮出聖劍了吧。要好好誇獎魔法師才行呢。」

「是啊，愛歌大人。」

隨侍在一旁的影之英靈（刺客），表情藏在面具底下。

「對不起……」

東京都千代田區某處。

並非山中飯店的藏身據點。

「對不……起……」

艾爾莎．西条正嗚咽啜泣。

在剛結束通話——在尺寸有如大皮包的最新型行動電話前。

她無力地癱坐在冰冷的地板上，望著投入窗口，彷彿要撕裂夜空的魔力光，確切地感受與她結下契約的無雙英靈——弓兵使出渾身力量，解放寶具真名的瞬間。

雙脣，顫抖不已。

「……對不起，弓兵……阿拉什……」

翠綠的瞳眸，潸然淚下。

捨身取義的弓兵（Arash Kamangir），傳說中——

波斯與圖蘭的長期爭戰，在他的終極一箭下結束了。

給予兩國人民幸福後，他就此辭世。

英雄慷慨赴義。

射出那不可能存於現實的超常一箭後，他百毒百病皆不侵，身經百戰也沒有留下任何傷痕的強健肉體隨即四分五裂。

如同誦著懇願之詞，登上德瑪峰的他自己所盼望的一樣。

往後人世，完全不需要神代這樣的巨大力量——

這麼一個小小的願望。

「嗯，應該不算多餘的吧。」

若有更強大的力量，威脅了人世的和平與安寧。

有時也需要這種犧牲吧。

像從前的自己一樣？

對，如同分開西方大海的聖者。

對，如同身旁揮舞光劍的騎士。

要摧毀任何威脅——有時就是需要強大的力量。

「至少，東京還好端端的，艾爾莎也平安無事。」

在逐漸崩潰的固有結界，神殿內部。

正面對撞的超絕強大魔力暴風，將擁有頂尖防禦力的固有結界摧毀殆盡。弓兵的寶具「流星一條(Stella)」，劍兵擊出的聖劍光輝，與騎兵奧茲曼迪亞斯藉丹德拉大電球所發射，伴隨巨大雷電的灼熱太陽光，一點渣滓也不剩地消滅構成神獸群的魔力，甚至將神殿拆成了碎片。

劍弓合璧的魔力光，瞬時粉碎主神殿——

神王的攻擊與神殿體基部因此消滅、蒸散了八成。

勉強還有地方能站，算是幸運奏了效吧。

「不過，嗯……這樣好像太過火了點。」

假如弓兵站位再偏個一公尺，就會在解放寶具的途中遭破壞的奔流吞噬了吧。事實上，劍兵差不多就是那樣。或許是由於聖劍本身的效果，他還不至於完全消滅，但仍被巨大電擊與灼熱的餘波轟掉了半個身體。

正常生物早就死了。

不過使役者不同，由乙太構成的肉體完全是虛假的暫代品。就算五體粉碎，只要靈核平安無事，就能以治癒魔術輕鬆恢復。

「還好嗎？靈核沒受傷吧？」

沒有答覆。

劍之英靈已是趴倒在地，一語不發。

「……抱歉，如果我事先叫你過來我的位置就沒事了，可惜沒那種時間。」

弓兵搔著臉這麼說，感到有東西剝落下來。

哎呀，不能這樣。

隨便亂碰可是會碎掉的。

弓兵也能感到自己的臉頰「劈哩」地裂開。

倒地不動的劍兵睜大了眼，看來他察覺是怎麼回事了。很簡單，弓兵阿拉什的寶具如同傳說，一旦解放真名就會自動破壞英靈自身的靈核。因此並非分海聖人，也非手持著名神造聖劍之劍士的他，才會放出那等同星光的一擊。

關鍵不在弓，也不在箭。

以其肉體施放的絕技才是寶具本身。從受聖杯引導的使役者角度而言，使用時將自動賦予「毀幻」效果。即使分類上只是對軍寶具，產生的魔力總量與作用範圍卻有對國寶具的水準，純以威力論也媲美對城寶具。

但是，絕對只有一次機會，沒有例外。

一用即死。

若非動用願望機聖杯的力量，結果絕不會改變。

「雖然後世的傳說裡也有提到我平安回來。不過，就是……那個歸那個。因為我是真正的阿拉什．卡曼格嘛。」

雙腳裂開了。

手臂、胸腹片片碎裂，以魔力構成的甲冑也一樣。

看來時間不多了。

脆弱成這樣，恐怕被一小片神殿碎塊砸中就完蛋了。

（……好想和艾爾莎講個兩句啊。）

失去三劃令咒的她，已經聽不見弓兵的聲音了。

由於我有雙看透一切的眼，才能在如此認知、掌握、理解自身結局的狀況下趕赴死地。

不是妳的決定殺了我，不要哭成那樣——弓兵真的很想這樣勸勸她，但就是辦不到。

現在無法以無聲之聲對話，自己也沒有能傳送訊息的魔術手段。

（既然沒辦法，就別想了吧。）

所以，至少要對聽得見的人說清楚。

也就是，在魔術師和英靈必須廝殺至僅存一人一騎的聖杯戰爭中，原本應是為了向聖杯許願而現界，卻不顧毀滅的危險，刻意忽視可能會演變成中途放棄聖杯的狀況——比任何人都先踏上這大神殿，向強大的奧茲曼迪亞斯揮劍的劍之英靈。

亡國的騎士王？

不，不對。

他或許有那樣的身分，但不是那樣。

阿拉什說話的對象，就只是一個無關聖劍有無或出身背景，心裡某個角落明白自己是什麼人的——純粹的英雄。

「聽好了，劍兵……」

聲音模糊，肺也碎了。

「你做的是對的事。」

喉管破裂。

「東京那些人——原本和我們一點關係都沒有。」

聽不見聲音，大概鼓膜也破了。

「可是，他們仍然是無辜的百姓。和我們過去守護、疼惜的那些人沒有什麼不同。」

內臟幾乎全部消失。快啊。

「我到此為止了。騎士之王啊，帶著榮耀揮舞光輝之劍的人啊。」

舌頭斷裂。啊啊，腦和靈核都要消失了。

「——你要對聖杯許什麼願望？」

最後這句話。

那個聖劍士究竟有沒有聽明白呢？

Dear My Hero ACT-4

——我知道英雄是什麼。

那是雙腳踏實大地（Neustri），胸中吸滿碎風（Austri），以有限生命與肉體邁向終結之時的人們熱切渴求的人物；無垠夢想的具體形象；集無數榮耀與欣羨於一身，有時甚至甘願承受混沌的憎惡與嫉妒，懲惡揚善的希望鬥士。

打倒貪婪外侮之人。

結束長年戰爭之人。

揪除世間潛惡之人。

將吞食無辜生命的惡龍就地正法之人。

打從久遠的神代，英雄就已經存在，鋤強扶弱。在神祕時期告終，古老幻想遠離人世，智慧蓄積而文明蓬勃發展當中，也有眾多英雄發光發熱，力竭殞命。

我見過許多英雄。

見證他們的最後一刻本來就是我的使命，也是我的存在意義。

可是，我卻在途中放棄了那一切，選擇與「那個人」，那個英雄廝守。

「……現在和過去，還是一點都沒變。」

我在下個不停的雨中低語。

這個名叫東京的城市，下起雨來格外冰冷。

明明這是與毀滅冰狼(Fenrir)銳爪般的風雪無緣的城市。

不過我知道，我感覺到的這份冰冷並非實際的氣溫。

我帶著乙太所構成，並非真實肉體的四肢、皮膚、臉龐、頭髮、全身，站在最新時代並非真實土地的瀝青鋪路上，吸入受化學物質汙染的空氣，仰望秋葉原巷弄間的灰色天空，如此獨自默想、尋思。

不是因為執行自身功能，也不是出於自發性的判斷。

單純像個人類。我——思考著。

大神啊。

以永恆詛咒來祝福我的父親啊。

即使歷經無數星霜，世界仍舊存在，勇士們也仍舊奮戰不懈。即使遭遇令人惋惜的悲慘結局，進不了你的殿堂，刻於英靈之座——他們也仍舊走在正義的道路上。

即使在幾如鍋釜的聖杯引導下，不得不互相廝殺也沒有墮落。

例如，沒錯……

『我想和妳談一談。』

我想起過去的聲音。

來自秉著一顆善心，不斷無謂抵抗的男子，以及他的少年朋友。

兩個無法容忍盤據於ＪＲ池袋站周邊搜食靈魂的可悲女孩繼續行凶，因而投身死地的高潔靈魂。那少年，甚至對著解除靈體化現出真身，揚起巨槍的我說出他的請求。

那些話，那星光般清澈的瞳眸。

那對已經喪命，應進入榮耀殿堂，令我永誌難忘的英魂。

『我是一枝箭，就只能一直線地飛了。』

另一道聲音，另一個勇士。

那個人的瞳眸雖然不比父親洞察一切的獨眼，但也十分敏銳。

一度交手後，我們每次見面都聊了不少。那位弓之英靈（弓兵）毫不避諱地對我明言，他心中的悲願不是該對聖杯、對自己以外的任何人要求的東西。

那張側臉，一縷清風般的微笑。

我永遠忘不了他在東京灣上成仁的英姿。

『我隨時都接受妳的投降。身為騎士，本來就不該對淑女刀劍相向。』

啊啊，還有……

此刻也如此令我煩心的人。

在當代魔術師所執行的魔術儀式——聖杯戰爭中，胸中善魂特別耀眼的一騎。劍之英靈。光明正大地面對化為狂獸的強敵之心願，打倒猛襲而來的驚人獅身獸（Sphinx），挑戰揚言燒盡整座都市的神王，手持無雙聖劍的勇士。

沒錯，人們會心懷驕傲、誇讚與欣羡，將那樣的人稱作「騎士」。

不必多想，我也會明白。

從前與姊妹們一同挑選靈魂的我，就是明白。

「劍兵……」

身在戰場也不忘慈悲的他。

「好心人。」

長眠不死而與世界定下契約的他。

「因為你那麼好心，我才會這麼為難。」

仍保正義之心，在東京現界的他。

我對他朝思暮想。念著，盼著，再盼，再盼，再盼，心急如焚——在這乳房深處中的深處，最底的最底不斷燻烤我心的火焰，我怎麼樣也無法完全抑制。絕無可能。彷彿剛從火焰中覺醒。雖然那應該是藉聖杯之力將我納為使役者，束縛我意識與行動的魔術師（主人）所造靈藥的效果，但我也不禁懷疑會不會有其他原因。

父親啊，會不會正因為我是你的女兒？

所以以人類身分凋零而死的這身軀、這靈魂，還留有過去的本能。

容易為光輝燦爛的英雄心醉？

唉……那種感覺一定持續了很久。不只是對他，也包含其他在這遠東巨大都市喪命的勇士、英雄。雖然那現在都沒有多提的必要，啊啊，但我仍然在雨中不停苦想。

在使我裂痕一再加深的瘋狂中央，感受我自己的本質。

儘管我真正的最愛，根本不在這裡。

「遍布世界各地的人們——」

強得無法承受的炙熱。

濃得無法承受的甜美。

烈得無法承受的心酸。

——這就是我失去女武神(Valkyrie)資格的原因。

敵意？不。

憎惡？不。

憤怒？不。

比那還要更炙熱，更甜美，更心酸。

「一定是將這種感覺稱為『愛』吧。」

——我就是因此而成為擁有布倫希爾德之名的「女人」啊，父親。

令咒，天使的階級。

降賜在魔術師(主人)肉體的聖杯戰爭入場券。

雖然過去對此已有諸多論述，這裡仍要再添一筆。

身上有令咒存在，即證明該人為聖杯所選拔的七名儀式參加者之一。

聖杯是以何種機制挑選主人，至今仍然不明。

據聖堂教會與魔術協會所言——

只有心願夠資格參加儀式的魔術師才會獲得令咒。

當然，這說法未經證實。

每個魔術師的心願也各自不同。

況且也不是所有人都以接觸根源為目標。

住在大聖杯安置地區的人會比較容易獲選嗎？

一九九一年的聖杯戰爭中，有五名居於東京，兩名居於國外。

不，這也不一定。

既然挑選機制不明，要將其歸納為傾向仍嫌不足。

總而言之。

獲得令咒後，魔術師才算是聖杯戰爭的參戰者。

也就是獲得以天使為名的階級。

據說，階級是以魔術師的神祕涵養來分配。
例如天賦高才者，是最高的第一級。
不知世界真面目的，是最低的第七級。

第一級：七翼熾天使(Seraphim)。
第二級：六翼智天使(Cherubim)。
第三級：五翼座天使(Thrones)。
第四級：四翼主天使(Dominions)。
第五級：三翼力天使(Virtues)。
第六級：雙翼能天使(Powers)。
第七級：單翼權天使(Princes)。

很諷刺地，不信神的魔術師就這麼獲得了天使之翼。
而他們也因此成了藉大聖杯之力成功召喚的「善魂」——英靈(使役者)的指引者。
沒錯，死後也被聖杯從「座」中喚出的英靈們，的確都是迷途之魂。

要將其視為聖堂教會的手法也好，或源自大聖杯的必然也罷。
在這裡不作討論。

（摘自某冊陳舊筆記）

一九九一年，二月某日。
東京灣上神殿決戰三天後。

「槍兵，妳那些話實在很有意思。」

滂沱大雨中——
站了名男子。
那是發生在東京千代田區秋葉原一角，某五層住商大樓頂上的情景。
冬意猶濃的二月天空下，男子的聲音比下個不停的雨更冰冷地響起。他正是一個適合以冷酷無情形容的人。冰刃般的視線刺出遮光眼鏡，射向蜷縮在他面前的女子。

被雨淋濕的男女。

男子動也不動地低頭看著他。女子頭也不敢抬，只是發抖。

因為情愛方面的爭執？

熱戀結束了？感情決裂？

總之是男女糾葛？

不對，都不是。這個堪稱都市死角的位置，就算出現了不應存在的旁觀者，也一定不會往那些方向猜吧。他們之間的距離感就是這麼獨特。男子伸手碰不著女子，假如想碰，非得雙方都伸手不可。

再者，男子身上的氣息非比尋常——

就連女子的裝扮，也有令人以為自己在作夢的完整度。

彷彿是神親手打造的極致藝術品。即使以人形為藍本創造的各種零件無疑是人體部位，成品卻是遠超於人的美麗生物，體現幻象的肉質人偶。那白瓷般的光滑玉頸，夾藏哀愁的濕潤紫水晶之瞳，就連從玲瓏顎尖滴下的雨珠都彷彿是神祕領域的產物。

滿面愁容的她不知在抵抗些什麼，雙手環抱自己的軀體，不斷哆嗦。

猶如——

紅顏薄命這概念的具體形象。

就某方面而言，她或許正是如此。

因為她是從神話人物淪落為人，不曾真正以人類身分活過。她就是這麼一個註定終日以淚洗面，原為古老北歐傳說中的女武神卻下場悲慘，以人類身分死後，登入英靈之座的女人——女人般的某種存在。假如那些至今仍流傳於北歐的傳說都是事實，那麼從她選擇當人的那一刻起，她就已經定形為現在這副模樣了。

使役者位階第四階。

於聖杯戰爭現界時獲得的位階為槍之英靈（槍兵）。

而她的實貌，卻是如此有如嗚泣女妖（Banshee），為愛嗟嘆嗚咽的受詛之女。

的確，她非常適合淋雨。

沿著臉頰滑落的每一顆水珠不知是來自天上，還是她紫色的瞳眸？

無論何者，槍兵的容貌都深具魅力。

對人類。

尤其是——沒錯，就是男性。

男性一旦見到這般愁眉不展的美女，不知會有多大的反應。儘管那會依個性不同而千差萬別，至少不可能無動於衷。

可是這名男子不一樣。

「我准妳哭，也准妳怨。那沒有什麼，都是正常的反應。」

男子——

奈吉爾．薩瓦德臉上看不出一絲動搖。

對於槍兵全力強忍淚水與傷悲才真正完成的美貌，他完全不感興趣。

因為他心裡沒有那種感情，自然沒有任何反應。

他與生俱來的就只有執著——更強過他的魔術屬性，甚至該稱為某種起源的感情。至少奈吉爾自己是這麼認為，而他一切言行也都能為其佐證。

沒有同情、憐憫、善意、仁慈，完全是冷冰冰。

沒有感動，沒有感情。

冷淡地專注於現實，精確行動。而在這一刻，是說話：

「眼淚和哀怨都是從愛衍生的感情表現，這樣很好。妳這是在培養自己的感情，成長率目前沒有任何問題，成果超乎我的想像。」

沒有溫度的聲音，說的是他的評價。

不是稱讚。

「愛，有時甚至能影響、擺布人類這智慧生命體的一生，是非常重要的反應之一。擴大這種感情，才能真正加強妳的寶具。未來無論是多麼強大的英靈也別想隻身戰勝妳。只要妳

能灌注真正的愛——」

就只是說出將她當兵器、武裝運用而得出的價值評斷。

「一定能輕鬆擊退。只要愛得夠深，妳連神都殺得了。」

魔術師說得沒錯。

槍兵持有的祕銀（Mithril）巨槍是具有獨特能力的對人寶具，威力將隨持有者心中對對象的愛火強弱而變動。因此，若條件允許，就連冥界的女巨人（Hel）都照斬不誤。愛得越深，槍的殺傷力就越高，達到真正的一擊必殺。

她的槍，就是具有這種潛力的絕世幻想。

悲嘆，憂鬱，愛到最後奪去其性命。

完全是既為英靈亦為半神的槍兵化為武器的形象。

奈吉爾精製的靈藥，其實就是配合她的寶具調配而成。

那是以崔斯坦與伊索德、仲夏夜之夢等——世界各地的傳說故事中的靈藥為範本所設計。鍊金術一端的極致，將掌控、操縱服用者的感情造成「強制的愛」。

契機再小也無所謂。

例如溫柔。

例如強悍。

一點點的善意、共鳴、同情，靈藥都能轉化為愛。

不由分說，沒有緩衝地曲折、擰扭、竄改。

假如服用者對其他人仍有依戀，靈藥也會將那團餘燼一併吞噬，產生強烈反應。若是人類，大腦邊緣的精神活動將瞬時遭到支配；若是魔術生命體，會有種尖刺深深扎入靈核的錯覺吧。

無法反抗。不，就連反抗意識都不會有。

當人墜入情網，心中產生愛意，就會瘋狂到底——

那便是奈吉爾這魔術師觀測與實驗的結論。

而那當然不是他的經驗談。

「盡量哭吧，怨吧，顫抖吧。那些表現對擴大感情都很有幫助。只是……」

男子摘下遮光眼鏡，說道：

「不准妳反抗我。」

沒錯。槍兵曾對這名男子，她的主人說明背離之意。

時間約在二十分鐘前，地點是同一棟住商大樓，男子藏身的四樓據點。

奈吉爾的回答很單純。

不是狂怒，也不是失望或叱責，就只是要她再服一劑靈藥。

「妳的話實在很有趣，居然會說已經夠了。雖然是乙太構成的虛假肉體，總歸是擁有腦結構與精神活動的智慧生物，居然能抵抗我的靈藥。」

而她也拒絕繼續服藥。

像個普通的女人選擇逃離，但是逃也逃不了，最後只能像這樣蜷縮在冰雨紛紛的屋樓頂上發抖。雖是超常之身卻別無他法。終於摘下遮光眼鏡的奈吉爾使用了浮現於其右眼的六翼黑色圖紋——令咒之一劃，以強制命令將槍兵變成了一個弱女子。

令咒霎時閃動，在男子背後顯現六翼形狀的光輝。

主人階級第二級，智天使。

他以展現主人威儀般的模樣，對自己的奴僕（使役者）——

「乖乖喝下我的靈藥。」

強制灌輸感覺有如物理暴力的愛。

「沒必要擔心。」

不懂她胸中情感為何糾葛、激昂。

「取得聖杯，應該也是妳的悲願才對啊。」

不曾料想破碎而毀壞的她會做些什麼。

——請別這樣——

苦悶之中，槍兵在雨夜裡放聲吶喊、哀號。

我不要這樣。我是為什麼現界到這極東之地呢？

「為了愛。」

為了蒼銀騎士？

「為了奪去愛人的性命。那就是妳唯一的存在意義。」

冰冷話語冷酷地將現實推到她面前。

背負光之翼的奈吉爾向前一步，縮短距離。這同時——

「不對……」

女子開口。

抗拒著要她服用靈藥的令咒命令，竭力回答：

「不對，不對，不對，不對，不對不對不對不對！

我真正的愛，真正的悲傷，都已經完完全全獻給過去那個人了！」

「妳只要再做一次就行。」男子的語氣沒有起伏。

「在殺死我愛人的那一刻，我就已經全部獻出去了。那場殺光一家上下的慘劇中，我對我自己與父親發了誓，一個毒誓。所以，不行，不行，那樣我會很……為難。」

將聲音擠出咽喉的同時，槍也出現了。

她自己或許都沒發現吧，槍之寶具就這麼下意識地在她手中實體化了。

巨槍。與池袋超高層建築下和劍兵交戰時相比，尺寸已擴張成兩倍，僅是槍尖就有一個人高，重量超過一千八百公斤。若是對愛人揮動，重量會頓時增至幾百倍吧。

而槍，仍在擴大當中。

重量已是一千九百公斤，又在兩秒間脹成二千公斤。

槍兵每一次咬緊牙關，它就變得更重，更重，更重。

「看吧，妳的愛可以一直這樣膨脹下去。那就是妳，真正的妳。」

——不對，不對，不對——

一股腦地叫喊後。

槍兵的雙臂用力緊緊環抱自己。

「……沒錯，不是那個人。」

——不是劍兵——

「絕對不是『那個人』，能獲得我的愛的人就只有他一個。
人稱屠龍英雄的我的最愛。
占有了背叛大神，被剝奪所有神性的我，誓言永遠愛我的他。」

——那唯一的齊格魯德，才是我的，我的，我的，我的——

喊聲一句句地被天空吸去。
雨聲抹消了一切。
有誰會知道呢？
這段吶喊，正是她火焰燒到極限的兆候。
苦悶、抗拒與瘋狂的發顯，正是布倫希爾德愛的終極表現。
「……呼。」
某種致命的東西剝離了。

另一種東西顯露出來。

槍兵單手輕輕提著重逾兩千三百公斤且不斷增加的巨槍，幽然起身。槍尖僅是稍微一擦，質量與魔力皆凝聚至超常密度的超重槍就劈開了住商大樓頂。只要她的手稍微多晃個幾公分，整棟大樓就會被她切成兩段吧。

前一刻還抖得像隻幼犬的槍兵，現在彷彿什麼都沒發生過似的婀娜佇立。

輕轉著槍，劃開大氣。

身上找不到絲毫人類女子般的柔弱，成為一個——

完全找回女神尊嚴的——美之具現。

見證命定勇士末日的——殘酷靈魂。

不准愛人逃出手中的——猙獰凶器。

她完整了。

從這角度來說，先前的哀怨與淚水，簡直就像是為了成就此一境界的前置作業。

「是的，主人。」

在那幾句對話當中，她身上究竟發生了什麼變化？

她居然對就連一成也無法理解，只是站在她面前的男魔術師——微笑了。

格外地柔和、莊重。

那的確是女神的微笑。

「……我會殺死劍兵（齊格魯德），這樣就行了吧？」

某處的黑暗中。

有人在對話。

宛如盛開花朵的少女，與瞑目隨侍的賢者。

東京地下某處。

任何人都不曾見過的黑暗，不曾碰觸的深淵。

有個搖擺著沉眠，渴待覺醒之時的巨大之「杯」。

——那便是，大聖杯（Saint Graph）。

將七騎「善魂」作為祭牲全部吞食後，始能啟動之物。

那就是樞機主教篤信的奇蹟體現？

人類渺小願望的結晶？

啊啊，抑或是■■本身？

「愛歌大人。抱歉打擾，屬下有要事向您稟報。」

「什麼事呀，魔法師？啊，關於槍兵的事吧？」

「是。我的監視網發現她正在反覆進行長距離高速移動，很可能是在搜索劍兵……依我看，她是越來越失控了。」

「腦袋有點壞掉了吧。」

「屬下不敢妄下定論，不過八成是那麼回事。她在長距離移動時還會刻意解除靈體化，一點也沒有打算隱匿行蹤的樣子。雖然還沒有造成外界騷動，不過明晚的收音機節目就會把這件事當都市傳說來聊了吧。」

「嗯哼～」

「既然她行動完全不考慮隱匿神祕，那麼主人恐怕……」

「沒有喔，槍兵還沒殺掉自己的主人。」

「請大人恕罪。戰場上的一切，您當然都看在眼裡。那麼您打算怎麼做呢？最有效率的作法，應該是直接排除主人吧。」

「我要見見他。我一直很想見他一面呢。」

「遵命。」

賢者對少女深深鞠躬。

那模樣，彷彿是慘敗給神的惡魔般卑屈。

雨歇已久。

深夜未央之際。

狂亂的紫水晶之風，碰巧選擇了這條路徑。

陰暗的高樓地帶一角，離ＪＲ池袋站稍有段距離的首都高速公路高架橋邊，東京前五高的摩天大廈Sunshine City 60下，由多層寬緩階梯構成的廣場，假磚鋪裝的類公園。與某處的假造古代屋舍一樣，這極東之地的城市就是聚集了這麼多精緻的贗品。

其他諸如標榜為聖杯的黑暗鍋釜。

算不上英雄的英雄。

與愛人極為相似的他人。

以及，從前以神與人的身分在這且生且死，最後跨越長久時光重現於世界的女子。

風一般的形影，化為手持巨槍的人影——因為停下了腳步。

人影，是個女子，槍兵，使役者。

此刻的巨槍總重量，已有兩千四百公斤。

槍不斷地變質、變化、進化，往單位該改為噸的程度前進。

轉啊轉啊。她僅以手指與手腕的簡單動作，就使那巨重之槍轉了兩圈，槍尖輕易地劃破空間。空間突然失去空氣而造成的真空現象，將植栽與林木連土拔起，粉碎剛修好的路燈。

「……呵呵。」

槍兵在微笑。

應帶著某種歡喜的嘴角，扭曲得可怕。

極難辨識那是什麼樣的情緒所導致。

簡直是笑著哀怨，怨著憤怒，怒著歡笑的表情。

與敵意、憎惡、憤怒相當接近，卻也相差甚遠。

與悲哀、憂愁、後悔相差甚遠，卻也相當接近。

說穿了——

這名女子的內心，發生了決定性的崩壞。

與靈核同樣濃烈，形成其自我的中心部位，只剩下火焰。

「呵呵……呵呵呵呵。」

燒盡她精神的火焰向周圍蔓延，流出她的肉體，以魔力放射技能之名任其噴灑。超常的魔力火焰宛如神代神火，無視物理法則不停延燒。轉瞬間，Sunshine City 60底下的階梯區域便陷入火海。面對階梯的無人店鋪玻璃，僅僅兩秒就熔解。

「燒起來了，燒起來了。啊啊……」

槍兵笑呵呵地說。眼中映著久遠從前的回憶。

自己沉睡在火焰殿堂中的身影。

堂皇入室，毫不畏懼的勇士。

彷彿當全天下只有他一人般深愛，深愛，深愛——

「真可悲啊，槍兵，居然把自己弄到崩潰。」

夜空中，響起冷靜的聲音。

話中的冰冷，令人聯想到奈吉爾．薩瓦德的無情。

火焰都消失了。話後一句短短的咒語，就乾乾淨淨地冷卻了魔力火焰炙燒的空氣。炎熱控制，高速吟唱。幾乎一個動作就啟動了四大屬性的大魔術，這種事也只有神代的魔術師才辦得到。那麼，聲音的主人應該是個很會耍手段的魔術師吧。

「呃……？」

槍兵頭一歪——

或者說，歪向幾乎像折斷了脖子的角度，向聲音望去。

望向上方——聲音的主人，魔術的施行者。

「……呵呵，找到了找到了。這樣啊～你們能在天上飛呀？」

在八十公尺高的空中，找到一道，兩道人影。

身覆白色長袍的黑髮男性，術之英靈（魔法師）。

身裹暗色薄衣的面具女子，影之英靈（刺客）。

這時代，人無法在空中行走。那麼，這兩騎應該是藉由空中步行的魔術停留在空中。在槍兵仍是父親的女兒，到處搜獵的時期，身上還會有個提供飛行能力的禮裝；然而現界為使役者的現在，想使用同樣能力需要經過幾道程序。

並非不可能。

換言之，只要照程序來，空中的敵人也能照殺不誤。

「我現在要趕快去愛劍兵才行，不可以偷吃野草。」

「這樣啊。」魔法師點點頭。

「你懂我的意思嗎？」

「懂。不過，如果妳想贏得聖杯戰爭，這麼做恐怕是太心急了點。要有效利用妳那個寶具的話，就應該用在最後一騎上吧？」

「啊啊……」

魔法師說得沒錯。

不難想像，奈吉爾也擬定了類似的戰略。

但槍兵沒有真正了解他這句話的意思

只想儘快趕到愛人身邊，不願耽擱。贏取聖杯的這個原來目的早就拋諸腦後。仍坐在秋葉原據點的主人，又以無聲之聲與令咒下達強制命令，卻被她完全抗拒。腦海裡全抹滿了濃濃的愛，就連對大神的懊悔與贖罪意識都早已扭曲的她，決定發揮自己所有能力的她，達成了原本辦不到的事。

更正確地描述，就是——

雖算不上全能，在解除能力限制的狀態下，至少堪稱萬能。

「……我，也會，飛喔。」

只將話留在地上。

槍兵人已在八十公尺高的空中。

好快。屬性瞬時增幅所推動的高速戰鬥動作，使她瞬時來到魔法師背後，高揚巨槍，準備進行設想了對方會發動防禦結界的全力攻擊。以超重巨槍揮出的五連槍擊，勢必能輕易刺穿魔法陣建構的物理防禦——連同聳立他面前的摩天大樓（Sunshine City60）。

橫掃。攻擊開始。

魔法師與刺客瞬時破碎。不是實物，只是虛像。

但巨槍不會過問破壞對象，全一視同仁地斬。

無論魔術虛像或現代文明精華而造的摩天大樓，一律平等。

「滿天星辰（Macro Cosmos）啊。」

來自更高空的聲音。

在槍兵搗出的五連槍，彷彿「巨人之爪」的攻擊貫穿Sunshine City 60前，閃爍的五色光輝包覆了整棟大樓的牆面。那是僅耗時一小節的瞬發施法。地水火風四大元素再加上空元素（乙太）所驅動的五重結界，使超重且超高速所產生的動能完全消散。

構成結界的稀薄魔力光「壁」平面上，力量如漣漪般擴散開來。

「真是的。無論美醜，這世間萬物都是愛歌大人的東西，不准妳要個脾氣就任意破壞，槍兵。」

「呵呵，啊哈哈哈哈哈哈！」訕笑，訕笑，訕笑。「你在更上面對不對！」

如同在空中猛力鼓起羽翼，槍兵踏空高飛。

她毫不遲疑地繼續行動，逼向停留於兩千五十公尺空中的魔法師本尊。加速，再加速，這次是突襲態勢。帶著含槍頭共四公尺長的巨槍，將自身化為超凡一擊。

「休想——」白色死亡面具抽出短刀。

「滾開！」

似要迎擊而俯衝的刺客，被槍兵靈巧地一腳踢開。

曾為女武神的槍兵見過無數勇士的招式。即使是經年累月磨練而成的體術與短刀術，也只是一種在萬千戰場中記錄下來的異邦戰技而已。在空中，槍兵先是避開衝撞，並以雙腿與一手完全擋架錯身前後的所有攻擊。

連帶手刀一閃。

刺客褐色左臂遭到切斷，無功墜落。

若傷口噴出的暗紅鮮血能夠灑中槍兵，或許還能造成某些殺傷，但她心中高熱火焰的被動防禦卻先一步發動而猛烈湧出，將所有血液蒸發得連一個粒子都不剩。

「呵呵，下個就是你的——」

「水(Aqua)啊。」

微笑著說出的話，遭咒語打斷。

咒語導出的是人類大小的元素結晶(Elemental)，屬性為水。寶石般閃耀的結晶不斷吸收大氣水分而提昇質量，從槍兵正上方直壓而來。儘管重量能對她造成的衝擊等同於零，無形的水卻可將任何攻擊無力化、承受、捕捉——

若是生物，落入那裡頭就完了。

使役者雖不是真正的生物，仍與陸上內骨骼生物同樣以肺呼吸。

由於他們是不必從氧氣獲得能量的魔術生命體，承受時間比常人長上數倍；但畢竟身體構造是需要呼吸的生物型態，窒息將導致魔力循環受阻。由物質構成的物體，總有面臨極限的一刻。

「噗哈……！啊啊，好清涼啊！呵呵呵呵……呵呵！」

水花散入池袋空中。

槍兵從水元素結晶體(Undine)內，噗通一聲跳了出來。

她是將一旦沒入就應該再也出不來，與耐力型英靈(使役者)結構強度相當的元素結晶表面結界中和了？是怎麼辦到的？

她的指尖只是像刻下什麼似的劃動——

「符文嗎……」

「呵呵呵，誰知道呢……！」

笑聲中，巨槍凌空揮擊。

那對切斷也沒意義的不定形水體同樣起不了作用。

魔法師對此感到某種危機，使水晶變化成真正的攻擊型態。沒有使用魔術，在零點一秒不到的時間內，增量至五公尺大的水團更加倍擴張為十公尺大小，一口吞噬槍兵。

攻擊型態的水元素，給予的不是伴隨臟器衰竭的緩慢死亡。

而是吞入目標後的瞬間凍結。

若是生物，全身細胞的分子運動將遭到強制停止。

形同冰棺。

一旦被拖進去，逃不掉的死亡便會從三百六十度猛襲而來。

「……！」

聽不清槍兵喊了什麼話。

與轟聲同時爆發的——劫火。

層次不知超越魔力放射技能的火焰多少的灼熱，已將結晶完全消滅。

妝點了池袋天空的火光，堪稱神話重現的驚天厄火。

槍兵飄浮空中，哈哈大笑。胸口現出光之刻印。

若能十成十地發顯，甚至具有現代魔術師所用符文之數百萬倍的力量！

「原初符文——」魔法師的口吻染上焦躁。

「呵呵……啊哈哈！你答對了，我的這個可是大神（Odin）直傳的喔！」

槍兵高聲答覆。

在這裡的，並不只是一名瘋狂的女人。

而是瘋狂的半神。

在物理法則支配世界前的時代，如自然，如概念，如世界本身般君臨世間的古神之一，北歐神話傳頌的大神奧丁之女，為宿命之時挑選靈魂的一騎（女武神）。

本來不該被召喚為使役者的墮落神靈倩媚。

那正是——

「布倫希爾德，妳好厲害喔。」

聲音，話語。

宛如一陣清涼的微風。

不具絲毫冰冷，柔和得甚至有種暖意。

然而——

槍兵卻感到無與倫比的惡寒。

應該完全染滿瘋狂的瞳眸，霎時睜圓。

注視約兩百四十公尺高的摩天大樓，Sunshine City 60的最頂端。

站在金屬避雷針旁的嬌小人影，人類的孩子。

降生為人，擁有可愛少女姿態的東西。

「惡龍（Drachen）！」

槍兵的脣，忍不住將她形容為曾與自己最愛之人死鬥的龍。

不曾目睹，但無疑曾以邪惡君臨地表的種族。如今，槍兵在她身上感到與其匹敵的巨大力量，因而毛骨悚然。

但儘管如此。

槍之英靈仍幾乎下意識地蹬踏天空，轉往少女飛去。

——即使已瘋狂至極，僅存的自我仍在我心中嘶吼。

最後的意識碎片。

曾以伴隨英雄為傲，勉強殘留的片斷——

使她瞬時明白可能會有怎樣的「慘劇」降臨在現代東京。

七人七騎的魔術師與英靈。

據說，存在於東京某處的地下大聖杯。

樞機主教。聖堂教會。

祈願。心念。脆弱虛無的人類意志，分分秒秒流入聖杯而聚成的漩渦。

在其盡頭沉睡、昏睡，等待覺醒之時的會是什麼？

「啊，啊……」

是因為剛才啟動了父親的符文，還是單純的巧合？

槍兵在瘋狂之中，清楚感覺到並非真正英雄，更不是反英雄的自己，是被刻意選入這場聖杯戰爭之中。就在這瞬間。是因為父親的護祐、詛咒，抑或是想為生前犯下的眾多罪孽贖罪的意識呢？

無論如何，該做的就只有一件事。

身為光榮英雄的妻子、大神的女兒，豈有放過對方的道理？

要在此將具有少女形體的惡龍——

——一刀兩斷。這麼一來，啊啊，劍兵，我就不用殺你了！

魔法師似乎察覺主人遭遇危機，瞬時喚出土元素結晶(Gnome)。那擁有金剛石強度，物理與魔術的絕對障壁，仍被她精準地砍成兩等份。遇絕佳機會而激昂的情緒使愛火升溫，超重巨槍也隨之擴大，不斷變貌，如今已重達三千公斤，恐怕沒有斬不斷的東西。

但是——

但是——

槍兵揮出的寶具巨刃，卻碰不著少女的命。

「很可惜，好像太輕了喔。」

就只是一個指尖。

少女白皙的手指，硬生生擋下了槍尖。

能對摯愛之人造成的打擊，甚至等同原子解離(Disintegrate)攻擊的命運之槍，對淺愛之人也能單純發揮超重量武器效果的寶具，在此刻卻只是一團祕銀！

「我想妳應該……很不喜歡我吧？」

少女微笑道。

「我知道妳喜歡英雄，喜歡水，喜歡土，也喜歡東京，就是不喜歡我。所以沒用，我根本不覺得妳的寶具哪裡重。」

有如絢爛花朵。

「不過妳還是很厲害，居然對他的感情那麼深重。那麼——」

不可能出現在戰士殿堂的一蕊嬌花。

火焚也不會燒燬。

水淹也不會枯萎。

風捲也不會碎裂。

土再乾也依然兀自忘情盛開。

「我可以讓妳稍微喜歡他一下喔。」

——這樣說完後，槍另一端的少女，對我淺淺一笑。

Dear My Hero ACT-5

——灼熱的瘋狂漩渦最深處。

——我碩果僅存的意識，自動重播了我的資訊紀錄。

火焰的記憶。

沒有其他方式可以形容。

布倫希爾德（我）這個體的起始與終結，都與火焰同在。

我一直覺得火焰在綑綁我、箝制我；但是到最後一刻我才發現，它其實是從體內噴湧、盛燃，要燒盡一切的事物。

至少，我剛清醒時，什麼都不懂。

身為大神使者的我，在久遠神代不斷引導勇士的靈魂，時而賜予勝利，時而施捨死亡，將無數靈魂帶進那榮耀殿堂以備末日之戰。這樣的我，在這時候——變成另一種人了。

應該說，被改變了。

我在哥德族的國家幫助年輕戰士阿格納，宣判受到大神祝福且承諾勝利的年老雅姆古納戰敗。於是父神冷靜地處理我的叛逆，奪走我大半神性，以蒼白的束縛符文將我定於近乎死亡的靜止狀態，封入無人魔境希恩達爾峰頂由火焰群聚而成，焰冠沖天的「火炎殿」之中。

蒼白束縛，符文荊棘所造成的假死效果牢不可破。

我就此長眠，在永不熄滅的火焰中。

靜待父親預言的唯一可能，將喚醒我且示愛的命定勇士。

愛，勇士。啊啊，我從不認為真的會有那麼一天，不抱希望。當作自己只能在誰也踏不進一步的火焰中，如屍骸般長眠於此，直到世界在毀滅冰狼(Fenrir)與火巨人(Surtr)的暴虐下終結。

可是——

那個人真的來了。

法蘭克蘭之王齊格蒙，與埃里米王之女修爾迪絲的孩子。

他的所有兄弟，都是力量、頭腦、任何技能均高人一等，舉世無雙的大英雄；而他更是其中最優秀的一個。不僅是魔術師，就連善用魔法之人都異口同聲地讚頌，他才是比任何人都更英勇的高潔戰士之王。

使其父王經大神考驗(Barnstokkr)而獲得的魔劍格拉姆重獲新生的劍士。

與無上神馬(Sleipnir)的後裔，格拉尼成為畢生摯友的人類。

打敗亨丁王的軍隊，成功為父王復仇的百戰猛將。

隻身擊斃格尼達海德貪婪的閃耀惡龍(Fafnir)的勇士。

吃下龍心而獲得無敵力量與眾神智慧的至高之人。

世上無人能出其右，比各地歷代任何君王都還要高貴，比任何人都嚴以律己、慷慨好施，從不讓敵人有機會從背後偷襲，豪氣干雲的男子。

同時也是身懷莫大勇氣，向我伸手的你。

——齊格魯德。獨一無二的，我的英雄。

你明明知道所有後果，還是來到「火炎殿」了。

你毅然決然地登上希恩達爾峰，一劍劈開神盾疊成的牆，大步踏入「火炎殿」。我都記得，啊啊，我都記得，即使父親給我的假死使我沉睡不醒。

直到今天，就算到今天，我都清楚記得你那大膽的視線。

注視著躺在熊熊燃燒的殿中央，陷入不醒之眠的我……

你一眼就明白，貼附在我肉體上的祕銀甲冑有什麼用意。

於是你揮動魔劍。

將我劃開。

沒有半分猶疑，揮出甚至飄散凍土冰冷氣息的一劍。

將只是束縛我肉體的枷鎖化為大神最後詛咒，與符文荊棘同化的祕銀甲冑巧妙地切開。毫不自負也不緊張，一眨眼就切開祕銀，達成了只憑人類技術與膂力恐怕辦不到的偉業。

緊接著，我甦醒了。

第一次以肌膚感受空氣、炎熱、潔淨、昏沉，冰與火帶來的各種感覺，同時——

完全成為具有真實肉體的人類，不再是女武神的我，在你面前暴露剛出生的模樣，並睜開雙眼，目不轉睛地注視你——以實際物質的眼第一個見到的人。

「將我從永眠中喚醒的你……是頭戴法布尼爾的無敵之盔，手持誅龍劍（格拉姆），從龍心獲得無類力量與智慧後……來到這詛咒之地的齊格蒙王之子，齊格魯德大人嗎？」

我那麼說。

不是大神之女的降諭。

而是我震動自己的喉嚨，以舌編織，以唇發語而說出的第一句話。

「為什麼？」我問：「齊格魯德大人您不是早就知道一旦與我相遇，往後就只有毀滅的未來在等著您嗎……」

「我知道。格里皮爾王的預言有提過妳。」

「那為什麼你不怕？」

「我的征途不需要愛，也不需要情。我只會做我想做的事。」

老實說，我不懂你這話是什麼意思。

容貌如冰雕般英挺的男子。

或表情如誕生自冰河的魔人般冰冷的劍士。

鏗鏘有力的語氣，不知是遺傳自齊格蒙王或修爾迪絲，還是受到教育他的邪惡謀士，侏儒鐵匠雷金的影響；抑或是更久遠的祖先所遺留的氣性。我茫然地想著，同時注視那對耿直的雙眼。

看得入迷。

為他面對赤身裸體的我也不為所動，落落大方的態度。

為他對每個勇士都一見傾心的女武神肉體沒有表現出任何感情，令他說話仍如此理性的堅定精神——眼中不容粗鄙，崇禮尚節的沉穩色彩。

不久，我啟齒再問。

原以為那只是一瞬間，但現在想來，或許我注視了一整晚也說不定。

「所以你是想……刻意違抗預言嗎？即使救了我，也不愛我。」

修爾迪絲的胞弟埃里米之子，賢者格里皮爾王的預言是這麼說的——

齊格魯德將喚醒沉睡於山巔的女武神。

兩人因此相戀，嘗到愛情的滋味。

女武神將給予齊格魯德眾多符文知識。

而她——布倫希爾德，也終將奪去齊格魯德的一切。

大致上就是如此，實際上還有很多詳細敘述。賢王格里皮爾的預言總是精確無比，你知道你肯定會因為邂逅我而使得至今的光榮武勳終將消逝如露，遭逢慘痛的結局嗎？

儘管如此，你終究來到了這「火炎殿」。啊啊，原來如此。

因為你決心永不愛我——

那麼，也難怪。

你當然能表現得這麼堂皇大方。

「太好了。」

我鬆了口氣。

同時，因為自己愛上的人要就此告別，雙眼像個人類女孩般堆滿淚水。

這勇士救了我，卻不願愛我。即使我並沒有期待些什麼，也知道我們一旦相戀就會招來散布無數悲劇的結果，被他當面說「我不會愛妳」卻仍落得這副德性。

難道，我一直在膚淺地盼望哪個男人能夠強占我？

還是我真的只是看了那麼一眼……就愛上他了呢？

在我自問的剎那——

你說：

「妳說得對。我的確是打算反抗賢者的預言。我相信自己不會只因為在這纏繞永恆之火的殿堂中救出一個少女就愛上她。不過——」

你注視著我的雙眼。

向我伸出右手：

「我還是對妳一見鍾情了吧。」

以為比祕銀甲冑更堅硬的冰霜面孔。

在那一刻，

變得完全不同。

——你一個簡單的笑容，就刺穿了我心房的正中央啊，齊格魯德。

我們戀愛了。

不知父疼母愛，也不識神祇恩寵，不停奮戰的你。

依大神旨意而如機器般每天重複相同工作的我。

對愛情一無所知的我們，在這裡第一次窺見愛情的面貌。

彷彿全世界的色彩都為之一變。

甚至產生時光在我們戀愛的瞬間忽然倒轉——

世間萬物都是在那一刻才剛創造出來的錯覺。

鳥兒報晨的歌唱，依偎仔鹿的母鹿，茁壯而結果的草木，春日盛開的花朵，聚成涓涓細流的雪水，交鋒的戰士，等待男人歸來的女眷，在高熱中搥鍛的鋼鐵，升上天空的太陽，夜空中閃燦爛的群星……我終於明白，是什麼構成圍繞我的一切。

你說我太誇張。

才不誇張。我一本正經地反駁。

殿內外的火焰已經消失，成了我們不會有旁人打擾的愛巢。

我將原初符文等所有知識都傳授給你，希望能幫助你在日後血腥的悲劇宿命中存活下來。早晨上山狩獵，中午扮演教師授課，夜晚交杯飲酒、大口吃肉，且幾乎必定般在一天的結尾索求彼此。

我就這麼為戀而痴，為愛而狂。

以女武神而言，那是決定性的機能毀損，以人類而言卻是成長。

你給了我一切。將各式各樣的愛，教給了宛如剛出世的赤子，毫無人類生活經驗的我。

爾後——

——我們沒有結為連理。

甜蜜時光很快就結束了。

身為英雄的你下山繼續旅程，結果——

忘了我的存在。

只因一瓶可怕，可怨，可恨，可惡的魔法藥水。

你娶了不是我的女人了。

我也因為那個女人的詭計，嫁給不是你的別的男人（古恩納爾）。

不要，不要，不要！停下來，我不要想起這些事！那天、那時，你終於回到我身邊，而你卻以我傳授的符文魔法變成古恩納爾的模樣，以冰霜般聲音對著在你面前哭泣的我說：

「傳說中的女武神布倫希爾德，接受我的求婚吧。」

你不懂我為何淚流。

因為你什麼都忘了。

然而我還記得。記得你我相愛的每一天每一刻。即使你以魔術易容，對我來說齊格魯德就只是齊格魯德。你以古恩納爾的面貌向我求婚這般令我無限哀傷的行為，在我眼中就像是

那段時日的齊格魯德對我求愛一樣。

不對，不對。

是因為我明白自己和你有緣無分。

因為我確信自己擺脫不了遭到詛咒的命運。

於是我答應了。

「我接受你的求婚，只要你——」

用劍擊敗我，我就甘願成為你的妻子——這種話，只是藉口。

我怎麼可能戰勝身為屠龍勇士，大神後裔，繼承了我全身上下所有武藝的你呢？我就這麼敗給了偽裝成古恩納爾的你，與卑鄙的古恩納爾步入禮堂。

啊啊，都如同註定的預言。

染血的慘劇——

不，我也只能接受慘劇的到來。

宛如避不了末日之戰的阿薩神族與巨人。

——因為我無法忍受，無論如何都無法忍受。

逝去的你的愛？

你獻給另一個女人的愛？

古恩納爾對我的愛？

神的瘋狂從激烈的感情中爆發出來後，我任憑狂怒氾濫，恣意屠殺。

殺了。

殺了。

殺了。

我的瘋狂，頭一個就把你斬成了兩段。

雖然那好像是我唆使單純的古托姆下的手，但最後還是得算在我頭上。

由於我不知道是誰玩弄了你的記憶，不知道誰是罪魁禍首，就只好把你妻子的族人趕盡殺絕。我盡可能地只挑戰士，但說不定還是不小心連女人小孩也一併殺了。

最後，以我心中放射的魔力之火，重新再造了一座「火炎殿」。

而我在火炎中將刀刃刺入自己體內，開口大喊：

「我的愛人就只有齊格魯德一個，沒有第二個人！

除了他以外……任何人，任何人，任何人，任何人都休想碰觸我的身體！」

——流著鮮紅的淚。

——由火開端由火終結，那就是我熾烈火炎的記憶（一切）。

所謂英靈（使役者），即為神話、傳說、民間故事中的英雄。

魔術師應有能力事先作足功課，了解自己召喚的英靈是什麼樣的人物。

但是，有一點必須特別注意。

究竟——

傳說有多少可信？

大多情況下，一個英雄不會只有一個傳說。

通常會有很多主軸相似，但細節各自不同的版本。

也可能存在與定說完全不同的異說。

且他們可能都不是真實紀錄。

大多情況下，英靈實際擁有傳說中的經歷。

而記憶僅止於所謂的「英靈座」領域中。可見就某方面而言，他們肉身死後，時間就直接停止直到現界的說法的可能性也很高。

解析傳說以認識英靈的過去，有助於了解英靈的人格。

但也並非絕對。後人編成佳話的故事，對當事者而言極有可能是悲劇一場，反之亦然。

舉一個非常特殊的情況。

近似直接由某些傳說中誕生的英靈，也有可能存在。

在這種假設下的英靈，等同是某種幻想種吧。

假如這種特例實際發生，屆時，我們都將面臨一個問題。

所謂神話，是能幫助我等窺見神代面貌的不完全紀錄，還是哪個人在某個時間點回到過去而塑造的虛構過去呢——

我不得不說，對於絕對無法任意控制時空的我們而言，
這是個等同無法證明的問題。

（摘自某冊陳舊筆記）

男子——
奈吉爾・薩瓦德知道自己時日無多。
該說是因為他能精確把握狀況嗎？
時值深夜。
天氣晴朗。
前不久的雨彷彿是幻夢一場，現在星星都開始露臉了。在如此的東京天空下，男子佇立在千代田區ＪＲ秋葉原站附近的五層住商大樓頂，等待堪稱決定性的事象造訪，並靜默深思。
在意識的深層，整理這屋頂上前不久發生的究竟是怎麼一回事。

應該聽命於他的槍兵，布倫希爾德的叛離。

算是失控嗎？鑑於她雖然逃脫主從契約及令咒的支配，卻不以其寶具祕銀巨槍斬殺奈吉爾，或許真該稱為失控吧。以能夠看透英靈屬性與能力的主人之「眼」那一瞥而言，是沒有發現失控或精神汙染等精神型技能發動的跡象，也沒有危機狀況（Bad status）的警訊。

但是，她已經整個毀了。

自我——剝離崩潰。

意識——朦朧不定。

感情——無止境地激昂，猛烈燃燒。

正由於奈吉爾長時間鑽研人類精神活動的奧祕，才看得出構成槍兵這個人格的核心部位，在那時候就不堪一擊地崩潰了。聖杯機制並未將其視為精神型技能或負面狀態，是因為認為槍兵隨人格崩潰發生的變質為永久性影響，並非暫時的緣故吧。

歸咎起來，就是奈吉爾下手太重了。

看準其精神所能承受的極限而使用的靈藥、言語、命令，這些都是。

是因為理論上有破綻，還是計算錯誤？

都不是。在槍兵於此消失至今的短時間內，奈吉爾已經重複了七次模擬演算，結果都只是證明他的理論與算式無懈可擊，至少在魔術觀點上沒有任何問題。

那麼，到底是為什麼？

這算是偶發事故嗎？

能達成完全掌控的精神操作所導致的完全失控？

（難道，這其實是必然的結果？

布倫希爾德，如此在陰謀與詭計的最後發瘋的慘狀，就是妳想要的嗎？）

疑惑、疑念。在回答者不存在的現在，算不上問題。

一語不發地，奈吉爾從上衣內袋掏出一根菸叼上——

擦動火柴點火。

他不會為點火這種小事動用魔術。修過基礎元素魔術後，他決定盡可能不使用火系魔術。那是因為相較於其他元素，火焰的二次效果過於強力，並非個人好惡。

畢竟奈吉爾．薩瓦德這個人沒有好惡可言。

「……」

灰色的氣息，一縷縷地吸入夜空。

每次呼吸，都使得住商大樓頂亮起一點微光——菸的火光。

每吸一口菸，菸頭就有一小部分化為灰燼。

此情此景，似乎與槍兵現在的處境相當接近。

槍兵布倫希爾德的原初符文，必須在限制具有廣域破壞能力的第二寶具情況下才得以發揮。雖然那說穿了就只是暫時強化她原有的符文魔術技能，但實質上也引出了相當於第三寶具的強大力量。

使用原初符文，讓她昇華至堪稱半神的高度境界。

受到等同解放寶具的制約也是理所當然。

威力與代價都是。

「……只憑我供給的魔力，不可能維持那麼龐大的力量。」

奈吉爾吐著灰氣，喃喃自語。

那是早在幾分鐘前導出的結論，無疑是正確答案的推測結果。

揮灑真正力量的布倫希爾德，心裡的愛火的確是熊熊燃燒，但那卻是會將她自己燒得屍骨無存的死亡之燄。供應原初符文的魔力來源，十之八九是槍兵本身的靈魂與靈核。她是將英靈現界這個因大聖杯的機能而始得成就的偉業、奇蹟作為代價，才能夠使用應早在遠古異地失落的神代力量。

並不令人覺得淒美。

也不覺得空虛。

撐不了幾個小時了。

奈吉爾．薩瓦德的頭腦與精神只認知到這個重點事實。

燒得越烈，就是越快燒盡。

「那就是妳的愛嗎……」

低聲呢喃。

本該不會有其他人聽見這自囈，可是——

——同時，輕飄飄地，有個東西出現在住商大樓頂。

嬌美華麗之物。

純真與無邪的具現。

儘管身為魔術師的他知道妖精事實上只是幻想的聚合物，腦中還是浮現了妖精的形影。並非顯現為星之觸覺的蓋亞一類，而是為幼童之身美化過的善良童話妖精。比誰都更明白現實、幻想與夢想有何差異的他，現在卻幾乎有此誤認。

與巨大錯誤相襯的東西，正在東京黑夜中顯露其身影。

面帶微笑。

繚繞萬星的祝福，舞於夜中之物。

身穿翠綠色洋裝，看起來就像是一名單薄的少女。

「沙条愛歌。」

脣自然地道出其名稱。

她是沙条家的後人，長相和名字都在資料上看過。她出生在遠東一個尚稱名門的黑魔術家系，卻擁有超乎家系所能的天賦。部分傳聞指出，她是個還沒有繼承魔術刻印，表現就有如一流魔術師般高超的驚世天才。

奈吉爾霎時認清。

她的深度不是天賦異秉、天才那種膚淺言詞可以概括。

原來如此。難怪沙条家參戰雖在預料當中，出馬的卻不是當家而是其子女。

那就是必將到來的決定性事象。將以纖白玉指輕輕推動時鐘指針，使奈吉爾所剩時間全部耗盡的人，執行於東京的史上第一次聖杯戰爭最有力冠軍人選。

除槍兵外，目前殘存的使役者還有刺客、魔法師和劍兵。

監察者說過，影之英靈（刺客）與術之英靈（魔法師）的主人都已斃命，那麼這少女應是劍之英靈（劍兵）的主人。

「你好啊，槍兵的主人。」

少女說話了。

將接下來約兩秒時間用於吸菸而非答覆，並不是因為警戒，單純是失去了應有的自覺。

槍兵失控後，奈吉爾這個人類很難將自己視為正式結下契約的主人。

縱然眼中，具天使羽翼紋樣的令咒仍留有一劃。

「晚安啊，小姐。找我這個失去使役者的人有什麼事？」

他輕聲回答。

這句話沒什麼意義。

既然身上有令咒存在，就能視為他具有主人的權力。想順利進行聖杯戰爭的主人，不可能放過這麼沒戒備地隻身在住商大樓頂上拋頭露面的他。他是明白會有什麼後果，才不返回設有重重結界的室內，如此在這裡逗留的。

不過，若只是為了簡明陳述事實，他的確沒說錯。

叛離與失控。

他是真的失去了控制槍兵的能力。

「我有件事想問你。」少女的聲音宛如天籟。

「什麼事？」

「你應該知道，聖杯要成為願望機，需要用什麼東西來啟動吧？」

見少女歪著頭這麼問——

奈吉爾心中湧起一股錯覺，彷彿她問的是菜餚或糕點的製作步驟。

少女的動作、表情、姿態，都是那麼地惹人憐惜，怎麼看也不像超脫人倫，日夜探究學問的魔術師。啊啊，光是這言行就能讓承受不了的人困惑失措，被她搶去主導權吧。

但是，奈吉爾的冷酷面容依然不改。

無論驚愕、啞口無言或呆愣，來源都是感情。除了執著外沒有任何感情的奈吉爾當然不受影響，所以能如此冷靜地回答：

「……大聖杯無法憑一己之力啟動願望機。需要以凝聚的絕大魔力，具現的奇蹟，也就是聖杯召喚的七騎英靈之魂為燃料，才能達成實現願望的功能。」

換言之——

聖杯戰爭是建立在一場瞞天大謊上。

召喚為主人武力的英靈都不會有機會實現他們的悲願。與英靈結定契約的魔術師，每一個——至少有門路接觸魔術協會或聖堂教會的，首先會收到關於欺瞞機制的通知。

縱然英靈是神話的重演、超常的具現，也不過是一枚棋子。

如使役者之名所示，他們是僕從、消耗品，是取名為聖杯戰爭的遠東魔術儀式中的「觸媒」。

所以，成為主人的魔術師無論如何都必須保留一劃令咒直到最後。

這是因為——

「你說得沒錯。要把七騎英靈都丟下去燒，真的是很過分呢。居然要在最後的最後用令咒叫自己的使役者自殺，當作儀式的最後一步。」

「英靈原本就不屬於現世，若是為了追溯根源，那只是小小的犧牲吧。」

「我不太喜歡你這種想法喔。」

哀傷的語氣。

一雙俏眉也跟著語氣變化皺起。

「無論如何，我需要收集足夠的靈魂來代替劍兵的量……不過看樣子……說不定需要兩騎的份才夠呢。你的槍兵都快要燒光了嘛。」

「……什麼？」

回答，遲疑了。

雖只是短短一瞬間。

奈吉爾仍不具驚愕、啞口無言或呆愣等任何感情地質問：

「妳這是說，妳不使用與妳定契約的英靈嗎？」

「對呀，我不用。」

「就算妳不想追溯根源，妳也有自己的願望吧。難道……」

「我的願望，就是實現劍兵的願望啊。」

「什麼？」

「就是說～」

少女如夜裡的飛鳥般大展雙手。

昂首仰望星空。

向天啟齒。

高歌般說出她的請求。簡直是世上最優美的歌聲。

——我要超越時間、空間等事物。

——完完整整地找回他失去的古老王國（不列顛）。

「因為那是他最大的心願。」

少女微笑著啼鳴。

神色甚至透露著靦腆，瀰漫嬌弱的春花氣息。

語調隱約帶著驕傲，這是為什麼呢？奈吉爾．薩瓦德知道那是什麼，且有十二分的把握。因為他在這場聖杯戰爭中，一直都在槍兵心中培養相同的感情！

「別傻了。」

奈吉爾伴著完全的驚愕與戰慄，短促一喊。

不敢置信地搖頭。

那是源自完全理解、掌握與認知的徬徨失措。

為了戀，為了愛。

這個更超越天才的稀世之物一直都是這麼任感情所往，在聖杯戰爭中歡舞。面對如此奇異，薩瓦德本該不具感情的肉體竟激盪不已。啊啊，如今已不僅是執著，無數感情的奔流驟然湧上，雜亂得有如大自然般混沌，一發不可收拾。奈吉爾不禁擰抓胸口，但情緒就是停不住，怎麼也停不下來。

讓古老王國重生？

時間。

空間。

事象的固定帶（所有的一切）。

聽了即將成為聖杯戰爭勝利者的她如此的心聲，誰還能當個沒有感情的人偶。因為，啊啊，那是因為！這個具有少女形體的「東西」說的話，無疑是——

「妳想破壞人理的奠基嗎？」

「對呀。」

「……只因為劍兵的心願，妳……就要毀滅世界嗎……？」

「對呀，不然呢？」

張口就說，不帶一絲躊躇。

「為什麼？」

「因為我愛上他了嘛。」

答案極為直接。

單純得不能再單純，可笑得不能再可笑。而且——

也是完完全全地如同神話諸神般純粹、無邪，唯有力量足以將這星球（世界）操之在手的人物才會有的傲慢。在急漲的恐懼與敬畏等有生以來首度爆發的感情衝擊中，奈吉爾不禁呻吟。

同時，發覺真相。

巧得是，狀況與槍兵將少女喚為惡龍（Fafnir）時恰好相同。

儘管被自己也無法掌控的感情淹沒，他僅存的自我、意識的碎片，終生追尋智慧的魔術師精神之片斷，使他做出冷靜至極的結論。

槍兵布倫希爾德失控的真正緣由。

取回大神之女的能力般，恣意放肆的原因。

「就是妳啊……！」

就是這名少女。

要為世界帶來毀滅的恐怖威脅。

對追溯根源不屑一顧，為達目的，不惜獻祭世界萬物——

比傳說邪龍（Fafnir）更加貪婪，意欲吞食一切的戀心（Potnia Theron）！

槍兵一定是因為她才會失控。

會是北歐大神為了消滅這個即將贏得聖杯戰爭的人物或阻止她的行動，而干預了因果法則嗎？或者，這就是世界本身的抑制力——防止世界毀滅的機制所展現的部分力量，要阻斷眾多魔術師踏循真理的路途嗎？

無論如何，奈吉爾的遮光眼鏡下已有了答案。

任此生首度的惱怒，隨著感情之流現於表情。

「那好吧。」

點著頭，在腦中瞬時構築所有戰鬥動作。

很遺憾，能用的術式並不多。

畢竟，他不是對戰鬥有深入研究的魔術師。雖學過一式基本格鬥術，他也只當那是人體的有效操作方法，且缺乏實戰經驗，只為了確認其精製的人造人性能而和他們對過幾手。

傷不了眼前那勝於天才之物的一分一毫。

儘管如此。

「哎呀？真的嗎？你應該沒必要對我動手吧？」

「的確。可是我實在——」

奈吉爾自己也覺得不可思議。

這明明是無謂之舉。

前不久還靜靜地等待最後一段時間耗盡，在夜空下從容迎接堪稱命運的事象——死亡的那一刻來臨，現在卻完全相反。怒濤般奔流其全身的無數感情，刺激著唯一持續在他心中盤旋的執著。

「無法接受妳把我的槍兵消耗在那種願望上。」

「你是不是搞錯什麼啦？不過，這個嘛，她現在應該……」

「閉嘴！」

奈吉爾握實了拳。

跨開大步，沉腰壓低重心。

循記憶擺出正確架勢。

第一次的憤怒，使全身充斥暴力的預感。

或許，那其實是另一種感情的發顯也說不定。

炎與風，在東京夜空中激撞。

不必多說，炎就是我，現界為槍兵的布倫希爾德。

風則是你。

尊貴光榮的騎士，揮舞著在久遠神代鑄於此星球內海的榮耀之劍（願望的具現）。甚至將聯繫世界這薄膜內外的光納為槍矛，滿身神代熾烈餘暉的古不列顛之王。

劍兵，劍之英靈。

身負蒼銀雙色之鎧，騁空而行的你，被我藉符文飛行力的猛攻耍得暈頭轉向。

「呵呵。」

我對你——

「啊哈哈哈哈哈哈哈。」

對你盡情歡笑。

對我心愛的人。

對我們（女武神）應以慈悲引領的靈魂。

儘管我不再是父神的機器，早已淪為凡人——凡人，脆弱虛幻卻又尊貴的東西。為了誰？父親？不，我不是那樣。我因為背叛大神而失去力量淪為凡人，等待命定的勇士帶著魔劍來救我。魔劍。魔劍？

不，你手握的不是魔劍。

而是閃耀的黃金聖劍。

我不懂，我不懂，我不懂。

你的劍為什麼換成了那種東西？

我的齊格魯德啊。齊格魯德怎麼會忘了自己重鑄的魔劍格拉姆呢？

體魄也不太一樣了，和當時不同。雙眸彷彿蒙上琉璃，也看不見嚐食龍心而獲得的智慧結晶，簡直是另外一個人。

不應該有這種事啊。

因為我是那麼地愛你。

能讓我愛得那麼深那麼強烈的人，就只有你一個啊，齊格魯德。

齊格魯德，齊格魯德，齊格魯德。

「妳錯亂了！我是殺過龍，但不是妳說的人！我是——」

「啊哈哈哈哈哈哈哈！」

逾五千公斤的祕銀槍頭，已經成長到僅是一掃就能在夜空中留下巨大焰弧的地步。看呀！快看嘛，齊格魯德！我的愛已經變得這麼大了，所以快點！快點，快點，快點！

讓我殺了你！

切成兩半！

和那時候不一樣，這次我會親手殺死你！

乖乖站好不要亂動，這樣我才能把你的上半身砍到月亮上去。

不要飛來飛去。

「你去死！你去，死！去死，死，死，去死——————！」

「槍兵！」

「怎樣～」

「妳不是在騎兵的神殿，說過要和我進行一場榮譽的對決嗎？」

唉，都忘了那件事。

在出現於東京灣的巨大神殿構造體決戰時，我目睹劍兵與弓兵竭盡死力的同時攻擊而感到大神的啟示，同時有股令人難以自持的激昂。不是因為我是英靈，而是女武神的性質一時猛烈顯現，為其神武讚歎不已。

在倒地而半死不活的你身邊，我沒有下殺手。

我怎麼能對一個救了那麼多人的大英雄下手呢？

那是天理不容的劣行。

偉大英雄就該有個英雄式的結局，絕不能像你那樣死在陰謀詭計造成的瘋狂裡啊，齊格魯德。如果能夠，我是多麼希望所有成就世上偉大戰役的英雄，都能像地中海古老傳說中，受盡奧林帕斯眾神祝福的勇者柏修斯那樣——圓滿地結束一生。

可是，既然命運註定你必須戰到最後。

至少……

要死在灌注全心全力的光榮對決裡。

——所以你懂了嗎？我現在就是要為此殺了你，齊格魯德。

光的軌跡。聖劍數度揮掃。

應能將魔獸之流一劍斃命的劍勢向我的身體連連逼來，但全是徒勞，那種攻擊碰不到我。總是那麼溫柔善良的你，對我還有所顧忌嗎？

你在空中一蹬，第七次向我猛衝。

我知道你在晴海碼頭斬殺神獸時用過相同招式，親眼看見，所以你嚇不了我。魔力放射造成的猛衝，方向絕不一定只有直線。可是沒關係，我心裡已經有底，知道怎麼應付。

發動原初符文。

在靈魂削減的感覺中，纏帶烈火的雄偉岩塊遮蔽了月光。

「金星（Flare）。」

偉大的母親啊。

賜給我這父親的女兒力量吧。

我要用這小小的碎片，以壓死祝福我所愛的你。

「來吧，齊格魯德。」

我對你低語。

到此為止了。我——早已瘋狂至極的我，將自動完成這一切。

即使無緣親手拯救世界。齊格魯德，我是多麼地希望守護你，以及你拯救的眾生所生活的這片大地。可是我辦不到，我已經瘋了，瘋了！只能依從世界的引導，殺死劍兵了。

因為，瘋狂已經在我體內構成了某種迴路。

那個少女應該擁有某種特殊能力，只要是與人相關的事，哪怕是英靈還是神靈都無法違抗。我實在無法違抗她。還是說，奈吉爾那一劑在我全身流動的靈藥已經被她變質了呢？

我無法違抗重新設定的命運。

雖然你一直在猶豫是否該殺了我，我也對自己必須否定你的高貴情操感到萬分遺憾，但我還是會死在你的劍下。

與神王和狂獸那時沒有任何不同。

我只要繼續將符文用到最後——

儘管不至於消滅整個東京。

這一晚，這一刻的衝擊，也將奪去數萬條無辜生命吧。

「我要動手了，我要動手了。

我要把他們都殺掉了。你知道該怎麼做吧，劍兵？」

——答覆是，無言的刺擊。

——連同靈核貫穿我正中央的，竭力一劍。

剎那間，在月下聚形的萬死岩塊全化為無數魔力粒子，消失無蹤。

恭喜。沉睡於東京之夜的數萬民眾都在這一刻得救了。

「……刺得好……」

為維護你的名譽，我在此發誓。

我，完完全全，沒有留情也沒有尋死。

我以一個凋敝神靈的全力與你相搏而敗戰了。無論全能的少女對我說什麼，也停不了我天生的戰鬥本能。

我做的，就只是讓你使出全力罷了。

最強的聖劍士。

我相信，你能為了人民誅殺任何邪惡。

和我所愛的齊格魯德一模一樣。

你就像可悲地不知情愛、幸福，凡人的喜悅，彷彿名叫英雄的救世機械揮舞魔劍的他一樣。只是你揮的是聖劍。雖然瘋了的我不知道在時序上是誰先誰後。

劍兵。啊啊，好心人啊。

我……

最後，我胸口刺著你的劍，選擇我該說的話。

雖然發聲器官逐漸失效，不過父親應該會施捨我這一點點寬容吧。

「不能讓……潛藏……在……

那個……裡面的東西，降生……到這個，世界上……」

我注視著你的瞳眸。

滿映月光而閃耀的目光，感覺平靜得出奇。

「別讓世界……」

就這麼滅亡。

請救救這個世界。

——虛幻尊貴，我比誰都更愛的英雄啊——

Special ACT Women

聖杯，據說那是萬能的願望機。
我們魔術師，將它視作追溯根源的唯一捷徑。
聖堂教會，魔術協會仍對聖杯蘊藏的魔力持肯定立場。
由於「召喚英靈」這麼一個近乎奇蹟的能力。

能召喚的英靈共有七種。
劍，槍，弓，騎，狂，術，影。
而每一騎各會跟隨一名加入聖杯戰爭的魔術師，聽其差遣。

英靈受到召喚時，會隨「位階」框架的限制而變化。嚴格說來現界的並不是英靈本身，
而是具有其靈魂的使役者。
且擁有乙太形成的虛假肉體。

英靈，本來不是凡人能掌握的東西。

能夠召喚英靈，即表示聖杯的力量應是貨真價實。

但是——我有個小小的疑問。

既然能喚來凡人無法掌握的存在。

那麼聖杯，是否真的願意永遠待在我們的控制之下呢？

當然，我只能祈禱是自己多慮了。

（摘自某冊陳舊筆記）

「Women」

Fate/Prototype
蒼銀的碎片

「哈哈！鐵馬騎起來也不賴！比真馬乖多了！」

他（弓兵）的聲音響亮地傳入耳裡。

再強的風也休想掩蓋英雄的號令，況且他應該也有在大軍陣前向各個角落下令的經驗，所以這也很自然吧。西条・艾爾莎暗自對自己這麼解釋。

想不到會被他騎機車載著跑。

儘管來到日本前細心擬定了各種計畫，其中也包含現在這樣失去汽車的狀況，只是沒想到會來得這麼快。前天在秋葉原遭遇狂戰士陣營，雖然並沒有直接造成重大損害，但少年巽見過的車總歸是不能繼續用下去了。

這遠東都市東京的電車交通往十分發達，沒車並不會造成嚴重障礙，不過艾爾莎還是想要一雙能自由行動的代步工具——

那就是這輛機車。

藏在芝浦碼頭倉庫裡的聖杯戰爭物資中其實還有一輛汽車，弓兵卻相中了它。

「那當然啦。龍頭被你抓著，當然你要往哪走就往哪走，它完全是機器嘛！」

「什麼，聽不見喔！」

「騙誰啊！那種事不用我說，你也知道吧！」

油箱十九公升，最高時速兩百零一公里，排器量七百五十cc。

也難怪他會形容成鐵馬，這可是威風凜凜的日本製重型機車。艾爾莎自己騎時，還需要對龍頭等部位再做些調整。若問為什麼要準備這種東西，就只是直覺使然。她為了該替人類史上赫赫有名的大英雄準備什麼東西而再三苦惱，結果一點好主意也沒有，於是挑自己喜歡的東西散財，讓剩餘資金硬生生少了一位數。

雖然隔天就為自己亂花錢後悔不已，不過最後倒是皆大歡喜。

「該給它取個名字才行啊！」

瞧，弓兵騎得這麼開心。

他是穿衣服會顯瘦的人吧。艾爾莎摟著他比外觀厚得多的結實腰腹，小心不被甩下車之餘心想：這段在街上直衝的時間裡，就讓他盡量玩個夠好了。

「沒人會給機車取名字吧？」

「不給愛馬取名字，會覺得很抱歉啊！」

「說得也是。嗯，那就隨你喜歡吧。」

艾爾莎不禁綻開笑容。

無論兩人構成的畫面多麼接近一對出遊兜風的年輕男女，也絲毫動搖不了事實——他們是即將趕赴死地的英靈（使役者）與魔術師（主人）。看見他快活的表情，聽著他的聲音、言語，艾爾莎的嘴也跟著微笑起來。即使意識非常冷靜，明白現在是幾個小時後就有一場死鬥要打的狀況，心裡的一角還是淡淡地想著其他事。

今天晚餐……

要事做完之後的時間，該用什麼菜逗他開心呢——

時間是在東京江東區內首度觀測到刺客活動後，聖杯戰爭的第七天。

宿命之日，東京灣上神殿決戰的三天前。

早在與神王（騎兵）死鬥之前，弓兵仍現界時。艾爾莎確定藏匿於奧多摩山區的魔術師一族——伊勢三家是聖杯戰爭的參戰者，而與弓兵在東京甲州市街道上奔馳的記憶。

艾爾莎能回想起每一個細節。

他的聲音，他的腰，吹撫皮膚的風勢，機車後座特有的震動。

甚至自己想了什麼，說了什麼。

「……喂，差不多該換我騎了吧？你這個弓兵不是沒有騎術技能嗎？」艾爾莎是腳——或者說屁股坐痠了才這麼說。她不確定雙載側坐在這國家是否違反道路交通法，但那特別顯

眼，便一直跨坐到現在。

「別那麼說嘛，我那個時候，還沒有人騎馬騎得比我快呢。」

「咦，不會吧？會有隱藏技能嗎？」

接著是一瞬間的空白。

沉默。啊啊，真是個傻問題。

艾爾莎相信生前的弓兵肯定能自由操控馬匹，不過那也僅止於馬而已。騎兵或劍兵擁有的騎術技能，是現界為使役者的英靈們才會有的超常騎乘能力。別說動物，就連魔獸、幻獸等幻想種到汽車飛機都能駕馭自如，而弓兵說的不是這種事。

換言之，他不僅沒駕照，一開始連怎麼騎都不曉得。

「……弓兵！」

「哈哈哈！放心啦，我覺得已經掌握到要領了。」

弓兵任憑瞪大眼睛抓得更緊的艾爾莎在背後抗議，笑呵呵地駕著鐵馬，往東京西部長驅直入，並說些「話說，我自己下來跑好像還比馬快」之類驚人的事實，很故意地加速，加速，再加速。

「還來！你不知道速限是什麼對不對？」

「不知道耶！」明快的回答，爽朗通透的音調。

「這樣不行啦，還沒到就要被警察抓走了。」

「到時候，妳會幫我想辦法吧？沒戴那個什麼安全帽也沒被抓，不都是妳弄的嗎？」

說著，弓兵老實地減速到速限邊緣上下。原以為他已經完全沉醉在自由自在的兜風之中，居然還知道聽主人的話，讓艾爾莎深刻地感到弓兵的心思還是在她身上。

其實重獲新生的弓兵，在這二十世紀的極東之國想做的事應該像山一樣多吧。不過他雖然會讓艾爾莎沒事乾著急，但絕不會讓人失望。他的視線始終都在艾爾莎身上，敏銳地觀察其反應的細微變化，隨機應變。

謝謝你——

這樣道謝或許還太早。

但艾爾莎仍不禁期盼，那天、那一刻能儘早到來。

「真拿你沒辦法耶，討厭！」

現在還沒。嘴邊不自主地漾著笑意。

原本想抱怨個兩句，要他別鬧，卻忍不住那麼說了。

——我一定是覺得「很快樂」吧。

——即使沒偵查過敵情就直接突襲，心裡懷的應該是必死的決心。

——與他共度的時間。

——一眨眼就過去了的燦爛記憶碎片。

——就像……對，那時候也是。

一九九一年二月某日，深夜。

聖杯戰爭第四天，東京灣上神殿決戰的六天前。

在東京都中央區日本橋，人影安靜無聲地竄過地名由來的橋中央設置的道路元標，弓兵與艾爾莎緊追在後。附近已無人蹤。聽說這裡從前是繁榮的水運之都，到了二十世紀的現在，日本橋周邊的商業氣息更是出眾地濃厚，深夜還在路上走動的人並不多。

守望日本橋的派出所前路邊，艾爾莎從車上——此時尚未遭遇少年巽，車還沒丟。她咬著脣觀察橋上狀況。她雖也懂些戰鬥類魔術，但畢竟不是純戰鬥型的魔術師，沒有和弓兵並肩合攻英靈的道理。

尤其對方十分危險。

暗影般的英靈。

甚至能將敏捷B＋，時有A級身手的弓兵擾亂得措手不及，有雙無聲迅足的暗殺者。獲刺客階級現界的使役者，正在日本橋街道上進行著高速戰鬥。

好快，太快了。

失去主人而處於失控狀態的英靈？艾爾莎不禁懷疑聖堂教會送來的情報。

即使在戰鬥中應該不能使用刺客的職業技能「斷絕氣息」，艾爾莎施了視覺強化魔術的眼睛也依然難以追隨刺客。雖並非完全不可能，但頂多只能看見模糊的殘像。

「不要追得太過頭，弓兵。不需要逼出寶具，能看出她的技能或習慣動作就可以收手了。」

『知道。』傳來這樣的回答。

路上，弓兵踩在橋邊有如石像鬼的麒麟像頭上，射箭的同時答話。喉不鳴舌不搬，用的是僅限於主人與使役者之間的通訊術。

『話說回來，我心裡已經有數了。』

「打的贏的意思？」

『不會死在這裡的意思。我不會，她也不會。』

「那樣……」

不行吧。艾爾莎將這話吞了回去。

自己這樣也不行，不能被他輕鬆的語氣影響。現況是九死一生的戰鬥，稍有鬆懈就會要命，腦袋清楚一點。艾爾莎在意識一角如此警告自己。他始終這麼氣定神閒地說話，是為了不讓人多操心而已。

高速移動著應戰弓兵的刺客，戰鬥方式是中距離射擊型。她不斷同時投擲多把應為魔力形成的短刀混淆判斷，試圖接近弓兵。

沒有任何胡亂突襲的舉動。

以一個在四天前殺害自己的主人，為補充魔力維持自身存在而獵食東京無辜民眾的使役者而言，她的反應相當冷靜。還以為她猖獗到令越來越多的深夜廣播節目都拿來當都市傳說談論，應該已是失控到無藥可救的地步。

「她在池袋到處殺人的消息是假的吧？」

至少該當作她在戰鬥時仍能保有自我嗎？

抓在方向盤上的手越來越緊。

不是因為憤慨，就只是見到英靈在眼前交戰，自然就——

「……不會吧？」

艾爾莎確切感到掌中冒汗。

並發覺緊抓方向盤的手，用力得指甲都快刺破掌心了。

「我在亢奮嗎？」

這只是自問自答。

苦笑在臉上漫開。

儘管自己是為了改變世界——倘若這是個不過是用一張薄皮裹著地獄的世界，僅只是出生地座標，戰亂國與先進國家的單純距離差異就會決定生死的世界，不可能拯救所有母子的世界，殘忍暴力可以恣意虐殺可愛孩子的世界，那我一定要改變世界——如此不停地痛切祈禱後，她才得到聖杯戰爭的參戰權。

眼見如此狂亂至極，無視物理法則，在音速領域中交擊不休的英雄之戰，竟然會覺得亢奮。

「真是個膚淺的女人。」

又一聲自囈。

——請原諒媽媽這麼傻，路卡。

——可是，我不會放棄。只要有他（弓兵）在，我一定能拚到最後。

『哪裡膚淺啦？』

突然間，非聲之聲在腦裡響起。

艾爾莎不是對他說的話，單純是自囈的呢喃，他應該聽不見才對，卻答得如此明瞭。在艾爾莎的眼前，弓兵自麒麟像高高跳起約四公尺距離並輕巧地一個翻身，以腳尖朝天，頭朝橋面的姿勢拉動鮮紅大弓，一次射出七箭。

『會在男人賭命的時候為他祈禱的女人，我想都是好女人吧。』

在射出彷彿連影子都能釘住的魔力箭當中，啊啊，他仍繼續這麼說：

『我喜歡那種女人。』

更快的速射。

在位於日本橋路中央，刻有「日本國道路元標」字樣的金屬盤正上方，弓兵精確無比的射擊使刺客接應不暇，動作停頓。那揮動短刀用力彈開箭矢的迎擊法，還是開戰以來第一次。在這之前，每一箭都只是閃躲。

『太好啦！如果那一箭還逼不了她動手，我就頭大了！這條橋是遺跡嗎？好像是很久以前留下來的嘛，這樣我就不能隨便全力放箭了！』

爽朗的口吻，差一點就勾起艾爾莎的唇角。

戰鬥還沒完，豈容得下那種微笑。

然而，他明明是穿梭在如此緊迫的生死關頭中，卻說什麼因為顧慮文化財產而不敢全力射擊——聽了這種猜也猜不到的鬼話，艾爾莎可沒辦法保持沉默。

「真拿你沒辦法耶，討厭！」

不用說，晚點當然至少要唸他一句。

不過，現在這樣就好。

碰觸這身肌膚的人，每一個……每一個都要斃命。

凡是有生命活動，無論人或野獸，甚至不具世間正常系統樹的幻想怪獸都能照殺不誤。

我是死亡，我是毒。

我是以刺客位階現界於二十世紀極東之地的暗殺之花。

真名為靜謐的哈山。

然而——

這城市裡出現了碰觸我或被我碰觸也不會死的人。

一個是少女，沙条愛歌。

一個是少年，曾為來野巽的冰冷屍骸。

第三個是——

「妳真有一套，我剛才那箭很認真耶。」

那一天，那一夜。

我殺死主人的第四天夜裡，在東京日本橋路上的戰鬥當中。

你對我說話了。

我不禁停下腳步。

當時我不認為你那麼說是為了引我分心。

就只是……怎麼說呢……

就只是……覺得疑惑。

我了解的不多，但至少知道聖堂教會——

對聖杯戰爭進行監察活動的聖堂騎士團很避諱我。
也知道他們會提供情報給召喚了英靈的主人。

在月光下重獲了值得我侍奉的主人，我長久以來的渴望。
不知道我已不再「流浪」。
但是，你們什麼都不知道。

「你每一箭都那麼認真的話，不就有機會殺了我嗎？為什麼不那麼做？」
疑問乘舌而出。
溶入寒空。

「該問為什麼的是我才對吧？小妹妹，妳為什麼要殺人？不管妳是不是專搞暗殺的英靈，都沒道理對無辜的普通人下手吧？」
射箭的英靈啊，你應該知道什麼叫作反英雄吧？
也知道獵食靈魂補充魔力，能維持我繼續現界才對。

「因為我需要靈魂。」

「不對不對，我說的不是那種事。」

「不是嗎？」

「對，不是。」

真沒意義，好空虛的對話。

這麼想的我，為了再度加速而稍微改變姿勢。

我還沒讓他見識我的「最高速」。

斷絕氣息解除了也無所謂，三騎士級的對手，我照樣應付得來。

只要拿我的命作交換，殺個一騎不是問題。

我從沒想過活到聖杯戰爭結束。

這身軀，這性命，我都決定要獻給主人了。

所以我停下腳步。

所以我仍在戰鬥。

「永別了。」

這句話是對弓兵所說，也是給主人的訣別。

我要在這裡以最快速的方式殺了他。

沒有迴避也沒有牽制，只是直線縮短至極近距離的捨命突擊。

突擊本身沒有意義。

來，殺了我吧。

快，儘管把我撕成碎片吧。

撕裂這虛假肉體而噴濺的大量血液——

一生只能綻放那麼一次的毒花。

將侵蝕你的所有細胞，無論英靈還是幻想種都非死不可。

「——不可以。」

英凜的聲音響起，身體遭到阻擋。

接著，我睜開了眼。

怎麼可能。這是不應該發生的事。

所以我只能封鎖這段回憶。

篤信是我自己弄錯，其實他並沒做過那種事。

可是，看吧，我還是想起來了。

他，弓兵，的確在我逼上他面前時，「抓住了我的右手」。

「那樣好嗎？」

他開口就這麼說。

意志堅定的黑色瞳眸，直視著我面具下的雙眼。

那火焰般炙熱的右手，的確是緊抓著我的右手。

「那樣子，妳真的甘願嗎？」

一九九一年二月某日，深夜。

聖杯戰爭第十三天，東京灣上神殿決戰的三天後。

我在沙条家配給我的客房，不自禁地碰觸右手。

碰觸——不，說撫摸也許比較恰當。

指尖，輕輕劃過應封入記憶深處而忘卻的感觸，男人（弓兵）手掌傳來的熱度。別想，不可以回想。那是不該存在的回憶，所以我才會上鎖。

別想不必要的事，沒有意義。我不需要多餘的枷鎖。

快忘了它。

我——失去哈山．薩瓦哈應有的操守，連在「那位大人」祝福下死去的結局都捨棄，膚淺至極的我，已經得到主人了。

碰觸毒膚也不會死的女孩。

在月光下舞動的天使，美的極致。

宛如永恆的少女，沙条愛歌。她就是我的一切，我的主人。

「除了您，我誰也不需要、不奢求，因為我已經滿足了。」

雙唇編出的聲音，徒然擾亂沉澱淤積的客房空氣。

哈山，別胡思亂想。

哈山，要抱持信心。

這肉體與靈魂已經得救了。

我已經得到渴求的一切了。往後每一件可能會擾亂我心的事，全部……全部都只是泡影幻夢而已。是我弄錯了，事實上什麼也沒發生。我只能這麼相信。

能確定的只有一件事，那就是我的主人。沒有其他……沒有，沒有，沒有——

「……嗚……」

有個聲音。

該說是呻吟吧。

多半是被我的話引來的呻吟，來自房間中央的沙發。

「我……不想殺……妳。」

像是勉強擠出般細微。

那是極力維繫不停渙散的意識之餘發出的意志。

我直視著聲音的主人。坐在沙發上仰望著我呻吟的東西，曾在這遠東都市生活的年輕人遺骸，眼睛逐漸從濁白變成詭譎紅色的活屍(living dead)。

開始摻於眼中的紅光，並不是魔眼發動的現象。

我對魔術師世界不太清楚，不過那種眼睛，應該不會再出現了吧。

那對眼球裡的，不過是是種汙濁的色彩，顯示其遭到扭曲的生命形式。

「巽。」

我呼喚他的名字。

不對，我喚的是他生前的名字。

不對，我是當他仍在世般喚他的名字。

他已經死了。

「被我」殺死了。

但是，我的脣仍留有連同大腦融化，粉碎他生命時的甜美感觸。

罪惡感？我沒有那種東西。我不是為了魔力，不是想繼續留在這個世界上，完全是為主人著想而行動，為主人殺了他。我應該感到驕傲，怎麼會後悔呢？

就連……沒錯，就連他也該自豪。

為自己沒有白死，能為主人奉獻而驕傲。

「假如」，我真能那麼想——

「快逃。這裡，很危險。」

話說得順暢點了。

術之英靈（魔法師）剛喚醒他，還說得又模糊又緩慢。短短幾天就能清楚說成這樣，或許是靈核成功形成的緣故吧。魔術的事，死人的事，我都不懂。

在這個世界上，我幾乎是一無所知。

就連關於自己的事也經常無法確定。

可是，可是……

或多或少，我還能思考。

例如，思考曾經是異的東西想說些什麼。

「妳，不可以繼續，留在，這裡。」

「好。」

「快，逃。」

「好，我逃。」

點了頭之後，他晃了幾下。

那是高興的表現吧。得永遠不斷重複「那一晚後續」的他，今晚也同樣為我擔憂。拯救誤闖聖杯戰爭的外國女孩（我）免於戰火波及。

企圖阻止聖杯戰爭的他死亡時的記憶，或者說紀錄，一定烙印得很深吧。

我不懂現代機械，但仍忍不住這麼想——

他就像個壞掉的機械。

每晚說著「我不想殺妳，別過來，快逃」的機械。

每當深夜零點一過，白濁雙眼中的紅光稍微加強時。

「……你真是個好人呢，來野巽。」

「嗚，嗚……」

「你已經死了喔。」

「嗚。」

「其實你根本就殺不了我。狂戰士一定也是個好人吧？」

——我盡可能地屏住呼吸。

——以免我的死亡氣息（Poison breath）再繼續破壞他的腦。

「巽啊。」

我低聲呢喃。

抱著願望。

以暗藏死亡的雙手觸摸他的臉頰。

「就算我吻你，你也不會死了吧？」

比起我——

比起那一晚的弓兵，他的皮膚實在冰冷太多太多了。

親愛的各界英雄啊。

無論聖杯再怎麼迷惑你們。
即使惡龍再現。
你們心中的那份崇高，
也不會因而抹滅。

你們當中的誰都好，
拜託救救世界。

（摘自池袋巷弄中的留言）

「——女人啊，女人……」

男子嘆道。

在光線照不進的地方。

該處，是純由完全的黑暗所構成。

東京地下大聖杯。

據說，執行於這遠東都市東京的聖杯戰爭，核心其實是聖堂教會中央的數百名樞機主教之一暗中攜出的仿聖杯。可對於兀立在黑暗深淵的男子而言，它並不是那麼回事。

這口杯，真的有神聖可言嗎？

於人類史留名萬世，而如今卻被召喚為使役者的英靈們必須流盡鮮血——聚七騎強大靈魂才能運作的奇蹟裝置，已被男子看透了真面目。其侍奉的少女，他真正的主人沒有告訴他答案，純粹是他獨自預測、解析而發掘的真相。

聖杯才不是樞機主教或魔術協會口中的願望機。

儘管如此——

男子的立場依然不變。

他已是大逆不道的叛徒之身，但不會再有第二次。他現在很明確地劃定了自己該站定的位置。

「妳們失去許多英雄，流了許多眼淚……」

在名為大聖杯的黑暗前，男子──魔法師閉合雙眼。

已有眾多祭品獻給了它。

而此刻，這口並非聖杯的地獄鍋釜正要求著更多祭牲。

「曾為母親的女人啊，妳高貴的英靈犧牲了。」

弓之英靈(弓兵)若得見此景，一定會立刻揭露其寶具的神祕吧。

但他已經不在了。

活存的主人只會在東京的夜裡啜泣，不具任何力量。

「身為毒物的女人啊，難道從正義的碎片中，妳沒得到任何領悟嗎？」

狂之英靈(狂戰士)與其主人，肯定是寧可拋下一切也要對抗大聖杯吧。

但他們皆已死去。

原是主人遺骸的東西，還每天被可悲的毒女抱在懷裡。

「當過凡人的女人啊，妳的願望仍未實現。」

槍之英靈（槍兵）也一樣，不會讓她的愛人（齊格魯德）蒙羞。

但她也已經逝去。

若在神代，她或許還有點成功的機會，可惜大神的手伸不到二十世紀的極東之地。

「女人啊，為達成己願而降臨末世的英雄啊……」

英雄已矣。

徒留女人的淚滴。

這名為東京的都市，如今恐怕是只能坐待比詛咒更可怕的宿命之刻來臨。

「……還沒。」

——企盼拯救世界的真英雄。

——仍未到達此地。

——只有食城巨獸的胎動，陣陣搖撼的黑暗之地。

「謝謝。」

「謝什麼？」

「多虧有妳，『我（註：此處的原文為「僕」）』才終於明白自己真正該做的事。」

非此刻之時。

非此刻之地。

身披蒼銀甲冑的騎士，曾對某個純真的孩子那麼說。

因為他是希冀拯救故國的王？不。

因為他是為聖杯而戰的英靈？不。

「有時候，選擇本身就是正確答案。」

只因他是個■■。

「可是……」

黑暗深淵中，男子抬起頭。

視線雖消逝在染滿黑色的空間中，但其去向應是東京的地面沒錯。那是在二十世紀末的一九九一年，有著上千萬人口居住的遠東之都。是一入夜就會顯現有如拉下滿天星辰的美景，甚至現代文明孕育出的消費欲也不或缺的大城市。

那裡，會「有」嗎？

即使仍不及這絕望的極盡？

「他會來的。」

男子說道，寄予某種期盼。

「他一定會撕碎萬惡，在這世界——」

男子說道，寄予一份意念。

「——伸張正義。」

後記（※注意　內有劇情洩漏）

櫻井光

時而追求聖杯。
時而依從自身本質。
在爭戰、掠奪，彼此廝殺之中，十四種心思逐一逝去。
有人留下微笑，有人則留下淚痕——

本作是《Fate/Prototype》的衍生小說，而《Fate/Prototype》則是以遊戲、漫畫、動畫等多樣媒體向世界擴展的TYPE-MOON作品《Fate/Stay night》的原型小說為原案塑造而成。《Fate/Prototype》以一九九九年的東京為舞台，而本作則是以其八年前——一九九一年，於東京展開的「最初」的聖杯戰爭為絲線所織出的一篇篇「碎片(Fragment)」。

本集所編織的碎片，是過去其實登場多次但著墨甚少的兩騎——弓兵與槍兵，與他們的主人交會而成的故事。

與所謂除暴安良的英雄本質關係深厚的兩騎，在西元一九九一年的聖杯戰爭漩渦中究竟發現了什麼？就某方面而言，弓兵與槍兵的結局是兩個極端，不過他們應該都得到了自己的答案。

在定為最終章的第五部〈Knight of Fate〉中，「那將會」拼湊成一個完整的形象吧。

一點雜談。

關於弓兵阿拉什．卡曼格，很遺憾，相當於其出處的史料未譯部分非常多，是個在日本鮮為人知的英雄。然而這次在森瀨繚老師的大力協助下，仍成功地完成了詳細的史料調查。當然，在本作由於劇情需要，經過些許改編，但阿拉什這個英雄是真的原本就有這麼豐富的人性魅力。希望有機會也能向各位介紹介紹原典的故事。

再來是關於槍兵永遠的戀人齊格魯德。齊格魯德的設定，其實是出自東出祐一郎老師喔！在齊格魯德與槍兵邂逅的場面上，東出老師也給了我很多寶貴的靈感，尤其是齊格魯德的想法、心思的部分等——

這位大英雄齊格魯德，往後應該還有在其他作品中出場的機會。希望可以，可以吧——這種話，我每兩天都會和東出老師一起碎碎念一次。

然後是一些感謝的話。

奈須きのこ老師、武內崇老師，感謝二位繼第三集後依然為本作監修，提供建議。二位分別對阿拉什和布倫希爾德（含女武神本身）給了我許多建言，實在獲益匪淺。

中原老師，您在本集也描繪了那麼多夢幻的美麗畫作，其中還有許多讓人深深感受到強烈的生命力，真是感激不盡。

接下來，要再一次感謝森瀨繚老師。您為弓兵與槍兵製作的正式史料調查與報告實在非常詳盡，那份報告好像都能直接出書了呢。

三田誠老師，感謝您撥冗回答我關於魔術的問題。

東出祐一郎老師、成田良悟老師，感謝二位平日的種種提攜。

設計封面及文本的ＷＩＮＦＡＮＷＯＲＫＳ、平野清之先生，以及《月刊COMPTIQ》的小山編輯與全體編輯部、營業部，非常感謝各位的協助，下集也請多多關照。

最後，我要向不吝翻閱這篇故事的所有讀者，獻上千千萬萬的感謝。

那麼——我們下個碎片見。

下集預告

「引發奇蹟，實現願望……
這麼一個美好的魔術，
你不覺得應該透過一個更和平的儀式嗎？」

「騎士之王啊，
帶著榮耀揮舞光輝之劍的人啊。
——你要對聖杯許什麼願望？」

「謝謝你，魔術師。我已經知道自己能力在哪了。
我已經得到……真正的滿足了。」

殘酷的根源真相揭曉!!

「這就是聖杯。
它絕對會實現
你的願望！」

「降生吧，
可愛的獸！」

「劍兵，為什麼你會在這裡？
愛歌怎麼了？」

描述史上第一次的聖杯戰爭結局
《Fate/Prototype 蒼銀的碎片》第五集

聖杯即將滿盈……

Kadokawa Light Novels

Fate/strange Fake 1~2 待續

Kadokawa Fantastic Novels

作者：成田良悟　原作：TYPE-MOON　插畫：森井しづき

將謊言作為代價換來真實——
充滿虛偽的聖杯戰爭至此揭開「真正的」序幕！

「試問，汝是我的主人嗎？」半毀的歌劇院內，佇立於綾香面前的人是自稱「劍兵」的騎士。由於這名連設計這場聖杯戰爭的人們都無從得知神祕使役者的參戰，導致事態變得紛亂至極。另一方面，在市內賭場大廈對賭博興致勃勃的吉爾伽美什，此時——

各 **NT$200/HK$60**

台灣角川

Kadokawa Light Novels

未踏召喚://鮮血印記 1~2 待續

Kadokawa Fantastic Novels

作者：鎌池和馬　插畫：依河和希

在雨夜聽見校園響起扭曲的鐘聲，
那便是「雨中少女」現身的前兆——

城山恭介連「比眾神更高次元的存在」都能召喚，卻有唯一致命弱點——「救我……現在立刻救我吧！」那就是少女發自靈魂深處的慟哭。當恭介聽見同班的圖書委員說出這句話時，便和她締結契約，藉此保護她不受「雨中少女」——已逝姊姊的鬼魂侵害……

台灣角川

各 **NT$250~280/HK$75~78**